夢の浮橋

YuMiko
KuraHasHi

倉橋由美子

P+D BOOKS

小学館

目次

嵯峨野

三月初めの嵯峨野は地の底まで冷えこんで木には花もなかった。桂子が嵐山の駅に着いたのは正午まえで、耕一と会う約束の時刻にはまだ間があった。渡月橋まで歩いて嵐山を仰いだが、花のまえの嵐山は見慣れぬ他人の顔をして桂子のまえに立ちふさがっていた。

嵯峨野に来たのは桜のころが一度に、あとはいつも秋であった。花も紅葉も、明るくてやがて消えるはなやかさだったが、いまは冬のつづきで、心まで冷えこむさびしさだけがある。人目も草も、枯れたもののあいだに、冬を越して残っている常緑樹が黒ずんだ葉の色をして立っているのは、かえってうとましい気がした。

正午ちょうどに西山草堂の庭にはいると、耕一が板木(ばんぎ)のまえに立っていた。

「桂子さんはいつも定刻にあらわれるね」

「耕一さんは早く来たり遅れて来たり……」

「桂子さんは来るときはかならず定刻に来るかわりに、ときどき、来ないとなったらいくら待っても来ないことがある。こわいひとだ。でもきょうは定刻に着物で来てくれた」

西山草堂の料理は、胡麻豆腐も湯葉を揚げたのも、まえに来たときと同じ味だった。耕一は酒を註文した。桂子が袖をおさえて酌をすると、耕一は、あとは手酌でやるからと、断った。

桂子のほうは耕一にさされるままに二、三杯飲んでまぶたを桜色に染めた。

「今年ももうじき卒業式だね」

「わたしはまだ一年あるわ」

「ぼくのほうはもう一年たったわけだ」

桂子は盃を両手で捧げるようにして飲みほすと、

「耕一さんが卒業してからのわたしは、相棒に脱獄されてひとりで刑務所に残っている懲役囚みたいなものだわ」

「あんな甘い生活のできる刑務所ならもう一度はいりたいくらいだ」

そういって耕一は照れた笑顔で桂子をすばやくみた。そんな形で愛の告白めいたことを洩らすのが耕一は得意だった。

「それより、文学部の卒業式は大半が振袖や袴姿ではなやかだったけれど、来年、桂子さんはどうするの？」

「袴をはきます」と桂子はきっぱりといった。

去年の卒業式のあと、耕一は学科のパーティにも指導教授を囲む会合にも出ないで桂子と会ったのだった。耕一は翌日が赴任の日で、若い勤め人らしい紺の背広を着ていた。桂子はそれに似合う、臙脂（えんじ）の、ピエール・バルマンか何かのネクタイを贈って、フランス料理の店で食事をしたが、そのときの桂子は着物ではなかった。それが、卒業式の女子学生の花か蝶の群れをみたあとの耕一には不満らしいことが、桂子にはすぐわかった。着物を着て会うことに思いいたらなかった自分を自分に対して恥じた記憶はいまも消えていない。耕一のその晩の沈んだ様子は、しばらく会えなくなるかなしさよりも、最後の晩の会いかたが自分の審美上の要求に照して完璧でないことに気落ちしたかなしさのようだった。桂子にはそれがわかったので、自分が一層みすぼらしく思われた。

その恥じの記憶に立ちむかうためもあって、桂子は四季の花や花車の型友禅を着て耕一に会っている。耕一が着物姿の桂子をみるのはこれが最初のはずであった。家にいるときは着物ですごすことが多い桂子を、耕一はまだみたことがないのだった。唇を重ねて二年以上たつのに、桂子の家に来たことは一度もなかった。

二人の両親はいずれも自分たちの子どもが恋人をもっていることに気づいていたにちがいな

いが、そんなものが存在しないかのような態度を崩さないのは、二人の結婚に反対だからだと桂子は決めこんでいた。きょうのあいびきのことも無論父や母には話していない。しいて隠す必要はなかった。何も起りはしないのだから、と桂子は思って、その思いがかなしみになった。そして何事も起らないあいびきのことを両親に話す必要もなかった。

茶会に出る両親について京都に来たのは耕一に会うためだったのか、京都に来たので大阪にいる耕一に会うことを思いついたのか、それは桂子にも決めかねるところがあった。

新幹線で十時まえに京都に着くと、父と母はそのまま奥嵯峨の不昧庵に向ったが、桂子はひとりで高雄から栂ノ尾(とがのお)へ行くといって駅で別れた。

ビュッフェの朝の食事がほとんど食べられなかったので、桂子は祇園花見小路の鍵善で葛きりを食べた。客は桂子ひとりだった。欅(けやき)の戸棚をみながらこの店の二階に坐っていると、街の雑音も遠のいて、自分ひとりの時間の壺に閉じこもって蜜を味わっている心地がたしかにする。それにくらべれば、耕一と会ってからの時間は、想像するだけでかえって気が重くなった。

「嵯峨野を歩いてから、その鍵善とかいう店へ案内してもらいたいな」

「そうしたいけれど、それだと遅くなるわ。わたし、今夜はひとりで清滝に泊るの。外泊を許してもらったのはこれが最初なのよ。日曜の夜なら、だれかさんと二人で泊ることにはならないと読まれたので特別の許可が下りたんだわ」

「明日、月曜日の朝は会議があるんだ」

泊るのが無理なら、昼間、男女が肌を合わせるための場所には事欠かないだろうに、と桂子は眼の色で訴えようとしたが、耕一はいつもそんなときの桂子の眼をみなかったふりをする。

この体の大きさのままで猫に化けて耕一に跳びかかりたいという衝動に駆られることが桂子にはよくあった。女の猫である。猫になって、白い、皮の薄い腹をうえにして、爪を出した四肢を振りまわして耕一を引き裂きながら犯されたい気持があった。もっとも獣の媾り(まじわ)は実際はそんな姿勢をとらないようだと、そこまで考えはじめている自分に気づいて桂子は耳が熱くなった。

身をまかせることで耕一から離れられなくなるのをねがっているのだろうか。

野宮(ののみや)を過ぎて山陰線の踏切でまっ黒な列車の通り過ぎるのを待つあいだに、桂子は手を握られて握りかえした。

「あ、お母さま」と桂子は声をのみこんで堅くなった。髪の毛まで根もとから硬直するようだった。

祇王寺(ぎおうじ)を出てその横の茶屋をのぞいたとき、母の亀甲華文の大島の、黒ずんだ黄色が木かげに浮びあがっていたのだった。母の着物に間違いなかった。床几に腰かけて薄茶を飲んでいる母の横に連れの男がいて、それが父ではなかったことが桂子には思いがけなかった。たしかにそれが父ではなくてほかに父らしい男の姿もないことをみとどけたとき、「はいって休もうか」と耕一が声をかけた。

桂子はまだ堅いままの横顔に無理に微笑を浮べて首を振った。

それから耕一の腕に手をかけて、寄りそうようにして下の道へおりていった。あとは化野の念仏寺をみるだけだった。そこが救いの場所のように思われて桂子の足は速くなった。

耕一は歩きながら、祇王が世をはかなんで剃髪し、あの草庵に隠れ棲んだのが二十一歳、そのあとを追って仏御前が同じ草庵に身を寄せたのが十七歳だったという話をした。

「昔の人の人生は短くてはかなかったんだね。二十一や十七で世を捨てるなんて。ぼくたちの年ごろはまだ子どもだ。少女もまだ男を知らないで、英語や数学を勉強している」

そういう耕一さんはどうかしら、というせりふは、桂子が頭のなかで考えたうえで口には出さなかった。桂子は思ったことの多くをいわないですます娘だった。そのかわりに、最近耕一は女を知ったのかもしれないという種類の直観はすぐ働いた。

「ひょっとすると昔は地球の公転も自転もずっとゆっくりしていたのかもしれない。そのころの人生四十年はいまの六十年にあたるというふうに」

念仏寺のほうへ坂をのぼりながら、桂子は、

「耕一さんにいいかたができたらわたしも髪を切るわ」

「尼寺にでもはいるんだね」

「いいえ、尼さんにはならずに、ざんぎり頭の狂女になってあなたを殺しに行くわ」

「また妖しいことをいう」

「本心をあらわしただけなの。わたしの心のなかは狂って、腐った果物みたいになっているのね」

石段をのぼりつめてここまでいうと、桂子は少し息切れがした。

曇り空の下でも、念仏寺の石ころの群れは意外に明るかった。はじめてここをみたときは、なま乾きの石の首級が数千、雨に打たれて青みがかっているようだった。この世の一角に異様なものの出現をみて立ちすくむ思いがした。いまはそのときの暗さも異様さも感じられない。

鐘楼の下に立って耕一がわざとぼんやりした声でいった。

「じつはさっき二尊院でぼくの母をみかけたよ」

桂子は反射的に、わたしも祇王寺で、というところだったが黙っていた。

「声をかけなかったのは、わたしたちが二人だったから？」

「むこうが二人連れだったからだ。中年の知らない男と肩を寄せあって階段をのぼってきた。それでぼくたちはお化けみたいな木の裏をまわって別の道からおりたんだ。母が何をしようと勝手だけれど、京都にまできて男と一緒に歩いているのをぼくにみられるなんてね」

「お母さまなら、お仕事の関係でそういうことがあってもふしぎではないでしょう？　そのときにいって下されば、わたしのほうは遠くからことばを使わずに御挨拶申し上げるところだったのに。わたしはテレパシーや念力の名人なの」

「でも、あの正面の階段ですれちがったら、桂子さんも母を雑誌の写真で知っているだろうし、母もぼくに気がつけば一緒にいるのが桂子さんだとすぐわかる。わかったもの同士の気まずい鉢合せになる」

「それで、わるいことがあるのかしら」

「別にわるいことはないさ」

「わたしが耕一さんのお嫁さんになりたがっている桂子ですって売りこみますわ」

「桂子さんはそういうことのできそうな最後の女ですよ」と耕一はふざけて英文の直訳のようないいかたをした。

桂子は自分のほうからは、結婚して、とはけっしていわなかった。それは口が裂けてもいうまいとひとりでむきになって決めたことだった。結婚のことになると、桂子は自分たちのではない結婚一般の話として受け答えしてきた。

「桂子さんは結婚をしたくはないの？」

「したくはないわ」

「否定の否定でしかいわないひとだね」

「耕一さんも固有名詞を省略してばかりいるひとだわ」

このひとは臆病で、わたしのほうから身を投げていくのを待って何かをするつもりなのだ。それは桂子にはわかっていたが、耕一には桂子が、文字通りの意味では身を投げだすことを少しもためらっていないことがわからないのだろうか。

しかし体を投げだしてみても、怪鳥にさらわれて喰いちらされたあとに、着物や骨とともに結婚ということばが残るのはいやだった。このことばなしに融けあってしまいたい。体よりも心が交わって融けあうことを桂子はねがっていた。その心を柔らかい舌のように動かして相手の心をさぐるのは、はじめてのくちづけのときから桂子がしたことで、そのときは不意に抱きしめられただけで体も心も柔らかくなった。舌は吸われるままに融けそうだった。しかし舌が相手の舌を求めて歯の城壁にぶつかるのに似て、桂子の心も、相手の心に融けいろうとして融かすことのできない歯のようなものにふれることがある。それが結婚ということで、そこにそういう形をとった社会があるのを桂子は感じていた。

そんな関係をつづけているうちに、結婚ということばは二人のあいだではもっとも野暮でぶしつけなことばになった。心があまりに近づきすぎて、そんなことばを改めて投げたり投げかえされたりすることが考えられないほどになっていた。

桂子が念仏寺で別れましょうというのを、耕一は清滝まで送ってきた。中途半端な場所では別れたくないと耕一がいう気持はわかっても、その気持をひきずって清滝まで来たところで、決着がつくわけでもなかった。桂子は自分が鳥黐(とりもち)にからまれて飛びたてない鳥のように感じられることにいらだっていた。

午後の陽は弱くなって山あいの渓谷には鉛のような冷気がたまっている。桂子は橋のうえに立って鉛の底を少い水がさむざむと流れているのをみおろした。心は埋み火のように熱いのに、体は冷えきって他人のもののようだった。

そのとき耕一も橋を渡ってきて、桂子のうしろを行きつ戻りつしながら、桂子と結婚するために必要な準備にとりかかったことを話しはじめた。

桂子は話をきいてからいった。

「有難う。でも耕一さんは肝腎の本人の承諾をおとりになったのかしら」

耕一は一瞬、はばたく鳥の翼で顔を搏たれたような顔をした。

「あまりうれしそうにみえないね。桂子さんをこんなに待たせすぎたのはぼくの責任だけど……」

「いいえ」と桂子は強く首を振った。「わたしがわがまますぎたからよ。でも、いまはうれしすぎて実感が湧かないようなの」

桂子には耕一と結婚して、恋の実った若い夫婦になっている自分の姿がどうしても想像できない。顔もないほかの男を主人と呼んでいる自分はまだしも想像することができるけれど。ほんとうは耕一との結婚を信じてもいないし、それを望んでもいないのだろうかと桂子ははかなしくなった。

「まえに桂子さんは、ぼくのお妾にしてもらいたいといったことがあった。かわいい口で凄いことをいうひとだと思った。それで桂子さんが化猫か白蛇の化身みたいにこわくなった。そういう人間でない身だから妾にでもなってぼくのそばにいたい、という調子にきこえた。邪淫の化物にほれられたぼくは逃げまわることしかできなかった。ぼくのほうは案外規格通りの男で、小鳥が口をあけて餌をほしがるようにして結婚をねだってくれる女の子を求めていたのかもしれない。これはぼくの臆病のせいもあるけれど、むしろ、結婚するならそんなふうにしてしたいという好みにこだわっていた……」

「耕一さんの好みのことはよくわかってるわ。でも、わたしの好みとしては、女のわたしからはどうしても結婚のことをいいだせなかったの」

「古風なんだね」

「耕一さんに劣らず、自分の自尊心だけを大事にしたがる人間ですから」

「もうそんな自尊心の風船なんか穴があいてしぼんでしまったはずだよ」

そうかもしれないけれど、と思いながら、とっさに桂子はひどく汚いものを想像した。それはゴムの風船に似たもので、しぼんで自尊心の中身にまみれたゴムが体に貼りついているのを感じたのだった。桂子はぞっとした。

「桂子さんの御両親にお会いして直接お願いする。京都に来てらっしゃるのだし、ちょうどいい機会だ」と耕一はことさら事務的にいったようだったが、桂子は相手の真剣さをはぐらかすように、

「御冗談ばっかり」と鼻のうえに皺を寄せて笑ってみせた。

「冗談は桂子のほうだ」

耕一は気持がたかぶっているらしく、はじめて桂子を「桂子」と呼んだ。

「ごめんなさい。でも、それはわたしから話します。そうさせて」

京都に来て何かおかしなことをしているらしい母にはとりわけこの話をもちこみたくない気持だった。

桂子は眼の色で別れを伝えた。今度は鳥羇が切れたようだった。川の音をききながら冷たい体のままひとりで寝ることを思うと、結婚よりもいまほしいものが得られなかったことのほうが桂子の心をしぼませた。

渓流をみおろす広すぎる部屋で、桂子は早く床をとってもらったが、疲れているのになかなか寝つかれなかった。水の音ははげしい雨が降りつづいている音のようで、冷えた心を不安にした。年とった女中が湯たんぽを入れてくれた。

「やっぱり桂子はわたしたちに気がついたんですわ」と文子は縛られたままいいだした。

「思いすごしじゃないかね」

「万が一、桂子に気づかれたら大変なことになりますわ。ねえ、ちょっとこのロープをゆるめて下さいな」

そういうと文子は絨毯のうえで身を起そうとしたが、うしろ手に縛られてころがされた上半身は、白い蚕のように蠕動(ぜんどう)するだけであった。縄目を受けて、乳房や腹の丘の肉が肉であることを誇張する形をとっている。脚は自由だったが、そこは男の手で好きなように動かされてもっともみだらな姿をみせたり、さまざまの辱めを受けたりしやすいように縄目を免れているのだった。

膝から下はほっそりしているが、腿はゆたかで、脚をそろえてのばすとすきまがなかった。そして肌は薄く膜をかけたように光っていた。細い足首には白足袋をはいたままの小さめの足がついている。男の手がこはぜをはずすと、靴に痛められたことのない女の足の形があらわれた。

「少しだけお待ちになって」と文子は真剣な声でいった。「このままでは気が散ってだめですわ。綱をといて下さい」

「だめだ」

「お願い、裕司さん」と文子は若い恋人同士のように男を名前で呼んだ。

「そういう呼びかたはしないはずだろう」

「すみません。でも、ちょっとだけ待って。桂子のことが気になりだして、いまにもここを嗅ぎつけてやってくるのではないかと、気もそぞろになってくるの」

「私たちがここに泊ることは桂子にはいってないだろう？　茶会のあと、夕方の新幹線で東京に帰ったことになっているはずだ」

「うちに電話をかけられると、その嘘は簡単にばれてしまいますわ。そうなると、あの子はわたしたちがここでこんなことをしているのをさぐりあててしまいます。恐しいほど勘の働く子ですわ」

「そういって、わざと怯えて愉しんでいるのかね」

「違います。そんな意地悪をおっしゃって」

文子はころがされて蚕の形で身悶えしながら、乱れた声を出した。それがそういうふりをしているだけなのか、自分にもわからないまま、文子は足蹴にされ、この遊びに熱中しはじめていた。

「娘が、自分の母とほんとの父親とのあいびきをみただけのことだ。あのとき、桂子が通りかかったことをいってくれたら、名乗りをあげてもよかったのだ」

「そんな、できもしないことを」

「そう思うかね」

男は女の脚をとらえてみだらな姿勢をとらせながら、歯を出して笑った。女は自分のVの字の形にひろげられた脚のあいだから男の歯をみた。その黄色い歯列が肉を食う生活で汚れた肉食獣の歯を思わせた。そこにあらわれたのは精神の卑しさそのもののようであった。そのおかげで女は男を憎むことができた。するとみだらな姿をとらされている自分のほうが、卑しい犬を利用してそれをやらせているのだという歓びで、体は毒に痺れて死んでいくようだった。

文子は掻き切られたのど笛から洩れる息に似た悲鳴をあげながら、自分だけの歓びをむさぼっていた。やがてひどく真剣な、罪を犯したつぐないに焦っているような男の顔が文子の顔のうえにあらわれる。それからあとは文子にとってはむしろ蛇足であった。男はそれが約束にもとづいた遊戯であるとはいえ、文子を家畜同然に扱ったことについて許しを乞いながら、あとは普通の男女がすることをした。

ツインのベッドの片方で、裸の文子は裸の男と並んで毛布をかぶり、しばらくじっとしていた。

「また眼をあけて天井をみているね」

「どこもみてないわ。考えているの。こんなに明るいくらやみのなかにいて、どこかに光のさしてくるところ、逃げるみちはないかと探しているのよ」

「きみは強靱な精神の持主だ。二十年たってもまだ考える力が残っているとはね。ぼくのほうは、あのころ、考えつづけて精神の火も燃えつきてしまったからね。そのときはきみの正体がわかったつもりになったが、結局何もわかってはいなかったことがわかって、それからはそういう不可解な肉の塊を叩きのめしたり締めあげたりするのが愉しくなったというわけだ。どうかね、こういういじめられかたはうれしくないかい?」

「わからないわ。どんなことでも、あなたにいじめられることは歓びなんでしょうけれど、きょうは少し変ですわ。神経が興奮して、灼けすぎた銅線みたいで……」

文子はひとりでベッドからおりると、立った仏像をうしろからみるような背中をみせてバス・ルームにはいった。それから湯気のたつ裸のままでドレッシング・テーブルに向って化粧を始めた。

男はベッドから首を蛇のようにもちあげてそれを眺めながら、

「きみはそうやって猥褻な女神の像みたいな裸をみせて、ぼくを黙殺しているわけだ。そういうだれの手にも負えないところを、いまでは隠しもしなくなったわけだ」

「おやめになって」

手を休めて鏡のなかの自分をにらむようにしながら、文子は珍しくきびしい声を出した。

「じゃあやめよう」といって男はベッドから下りた。「きょうのお遊びはこれで終りだ」

「ごめんなさい」と文子はいつものゆるやかな、ややけだるいようなしゃべりかたになった。

「桂子たちがわたしたちのことを嗅ぎつけたらどういうことになるか、本気でお考えになってみて。わたしたちの裏側の世界は絶対にあの子たちにみせてはいけないわ。わたしは万一の場合の覚悟をしたうえでこんなことを始めたのよ」

文子はまた手を休めて、長めの首をめぐらして男に訴えるような眼の色をみせた。

着物を着る手つきは男の目には憎らしいほど手ばやくたしかだった。文子は鏡のなかで、桂子にみられた大島を着て隙のなくなった姿をたしかめた。

「少し早いようですけれど、これから帰りますわ」

「そうか。そのほうがいいね。むこうへ電話してみよう」

文子は意志だけのようになった体をまっすぐに立てて男の電話の応対をきいていた。

朝は早くから目がさめた。

妄想が体をほてらしているようだった。あるいは湯たんぽのせいだろうか。

母が男に抱かれていた。場所は不味庵らしい茶室である。桂子はまだその茶室をみたことがなかった。どういうわけか夢のなかではそこに緋色というより血の色に近い毛氈が敷いてあった。母も男も裸で、人体模型の人形に似た裸体が血の海に浮んで染まりもせずに、交合の型をみせている光景だった。しかし男の人形は濃い体毛でおおわれていた。耕一は脚に少し毛が生えているだけで、少年のように清潔な体つきをしている。この男の体には、陰湿なところに生える植物のような体毛が生い茂っているのだった。

抱かれている裸の女はいつのまにか自分になっていた。夢のなかでもほんとうはそれを望んでいたのだろうか。桂子は大きな毛蟹に抱かれているようだった。嫌悪のため体が熱くなったが、それ以上に、もっといやらしいことを待ちうけている自分に嫌悪を感じたときに目がさめた。

蒲団にこもっていた妄想のほてりが消えると、早朝の冷気が顔を打った。耳のなかで鳴りつづけていた川の音はもっと柔らかな物音に包まれて、いまは遠ざかってきこえる。突然、ある予感が働いて、障子をあけてみると、ガラス戸の外はしずかな雨だった。桂子は震えて、また蒲団にもぐりこんだ。

食事のまえに、女中にすすめられるままに熱い朝風呂にはいった。耕一とこの宿に泊っていたら、体と心にどんな変化を生じて朝の風呂にはいっただろうかと桂子は思ったが、まだ妄想の残った頭は、耕一でもだれでもない毛深い男に犯されたあとの変りかたを想像しようとしていた。

食事が終ったころ、父から電話があった。

「じつは予定を変えてゆうべはお母さんと京都ホテルに泊ったんだ。清滝は冷えこむだろう。寝られたかね」

「最初はさびしい水の音でさむざむとしていましたけれど、湯たんぽのおかげであたたかく眠れましたわ。今朝は森嘉の湯豆腐が出ました。朝から湯豆腐をいただきすぎて変な気持……」

父と母は二時ごろの新幹線で帰るというので、桂子はその時間までひとりで高雄から栂ノ尾のほうを歩いてくることにした。それから何気ない調子で、

「いまそこにお母さまはいらっしゃる?」

「ああ、いるよ。朝風呂を使っているが、呼ぶかい」

「いいえ、別に。いいんです」

考えてみれば、父と一緒に京都に来ている母が、父の目を盗んで情事の快楽を味わうということはありえないことであった。

九時に車を頼んで、来るまでのあいだに桂子は着物を旅行鞄におさめ、セーターやフードのついたコート、スラックスなどを出すと、冬の山に出かけるようないでたちになって炬燵で三宝柑を食べた。

パークウェイを通って栂ノ尾まで車を走らせるうちに、降るともなしに降っている小雨に雪のようなものがまじったりした。山がふかくなった分だけ冷気もきびしいようだった。高山寺の裏の杉の林をみながら立っていると、足が地に凍りついて氷の柱に変りそうな気がした。

高山寺の石水院には客はひとりもいなかった。縁側に出た。いまは庭とそのむこうの山に色とりどりの秋の錦の趣はなくて、薄い墨と枯草の色だけで描かれた文人画をみるようだった。松のほかは、細かい逆毛を立てたように枝をひろげている枯木の山であった。

ナイロンの靴下だけの足の裏が縁側の木に凍りついて、歩くと皮が剝がれそうだった。

茶を頼むと、受附にいた若い女が炬燵のある部屋でお待ちになって下さいという。切炬燵にはいってしばらく体をあたためていると、頭まで快く痺れてきた。霊魂だけになって現実ではない場所を漂っているような夢心地になった。めらめらと燃えていた意識が体のなかに吸いこまれてしまったのか、それとも体が意識のなかへ融けてしまったのか、いずれにしても桂子は自分が霊肉無差別の単一のものになっているという感覚に酔っていた。

自分が何かをしているとき、その自分を見張っている自分というものを感じる癖が桂子にはあって、その感じかたが最近はことにひどくなったようだった。他人のまえでそうなる。それが耕一であっても、たとえば唇を重ねたり顔を寄せあったりしているときに、そのあたりを季節はずれの蝶のようにふわふわと舞っている自分がいた。その自分は耕一の腕に抱かれている自分の眼の色や髪の匂いまで感じているのだった。

桂子はしかしいまはひとりになった桂子で、同い年くらいの若い女が上手に点てて(た)くれた薄茶を飲んだ。

花曇り

今年は花が遅いといわれていた。

それでも入学式のころには大学の桜並木は雲をかぶったようで、葉のみえない花ばかりの木の下を通るのはうす気味が悪いほどだった。桜は桂子の好きになれない花である。花ざかりの下から振りあおぐと、この世のものとは思えない妖気の雲がたちこめていて、さびしさに首すじが冷たくなり、花の下にひとがいなければ、桂子は狂って鬼に変じそうであった。

おととしの花のさかりは入学式よりも早くて、

「花の下に鬼があらわれるの、お能にあったかしら」と耕一にたずねたりしたのも、まだ学生の姿もみえない桜並木のベンチでだった。

「どうだろう」と耕一は花空に顔を向けていった。「花のほかには松ばかり、というのは道成寺だが、あれに出てくるのは鬼というより蛇体だ。鬼どもが活躍するのは紅葉狩のときだよ」

「でも秋よりもこんな花ざかりの下が恐しいわ。さびしくてかなしい女の狂気が花に誘われて鬼になるのではないかしら」

「鬼になってごらん」

そういわれて桂子は口で笑ったまま眼にかなしみを集めて耕一をみつめた。

「凄い眼だ」といって耕一は桂子の膝のうえに顔を伏せた。花ばかりであたりにひとの姿はなかった。遠い正門のところに黒服の守衛が立っているだけだった。

桂子は心をゆるめて耕一の少年のような首すじにさわり、貝殻を拾いあげるようにして耳たぶをつまんだ。そしてふと、少年が母親の膝に頭をあずけて耳垢をとってもらうときの姿勢を思いだして桂子はおかしくなった。胸のなかがあたたかくなるようでもあった。象牙の耳掻きでもあったら、と思いながらいじくっている耳たぶや首すじに、花が散りかかった。

去年の花の時分はどうしていたのだろうか。桂子には思いだせなくて、花のない一年が過ぎたような気がする。耕一が卒業していなくなった去年は、春の行方も知らず、遅い日の午後、下駄をはいて濡縁に腰を掛けていても春を惜しむ心も働かなかったようだった。

正門から時計台のある講堂までの両側には、文化会と体育会のさまざまの部が、新入生の入部を勧誘するために、いわゆる「出店」を出していた。桂子は放送研究会の出店にほかの部員と一緒に立っていて、ときどきマイクを手にして「コマーシャル」をしゃべった。部長だった耕一がいなくなってからは、事実上この部をやめたような形になっていたが、今日はぜひ、と部員たちに頼まれて、いわば客寄せに立っているのだった。桂子にはあまり気乗りのしない、義理だけの仕事だった。そのせいか、声にいつもと違ってのびがないような気がする。それに、朝、出がけに気にかかることがあった。

応接間の父のブリタニカで調べものをしていたとき、電話が鳴った。いつも茶の間のほうに通じるのが、そのときは応接間に切換えてあった。

桂子が出ると、

「もしもし、ぼくだ」という男の声がきこえた。

「どなたさまでしょうか」と桂子がいうと、相手はやや狼狽した声で、

「あ、失礼」といって切った。

母の情事のけはいが感じられた。祇王寺の茶屋でみかけた男からではなかったかと、桂子は体を堅くした。

母は台所にいた。電話が応接間に切換えてあった、とそのことを不審そうに桂子がいうと、母は何でもなさそうに、

「お父さまがあちらに切換えてそのままになさったのでしょう」といった。

「さっき変な電話があって、わたしが出ると、ぼくだというので、どなたさまでしょうかといったら切ってしまったわ」

「間違い電話でしょう」

「牧田ですと、名前をいって出たんです」

「あわてていて、よくきかなかったのでしょう。そういうことはよくあるわ」

桂子はそれ以上はいわずに大学へ出てきたのだった。

昼まえに入学式が終り、新入生が講堂から吐きだされて時計台のまえで記念撮影をすませたころ、正面のポーチのまえに一団の髪の長い学生があらわれて、携帯マイクで演説のようなことを始めた。

「全共闘の連中よ」

「全共闘って何？」

桂子はまじめにききかえしたが、まわりの学生たちは笑って、

「要するに三派じゃない？」とか、

「粕谷ゼミの連中らしいぜ」とかいいあっていた。様子をみに行った学生がもどってきて、

「文代の連中だよ」といった。

桂子は騒音にまじってきれぎれにきこえてくる演説に注意していたが、「闘う学友諸君」と

か「連帯の挨拶を送る」とか、「この集会をかちとっていきたいというふうに考えます」とかの決り文句のほかはほとんど何をいっているのかききとれなかった。桂子はまわりの喧噪に頭が締めつけられるようで、放送研究会の連中に「失礼します」といい残して桜並木のほうへ歩いていった。

花の下を抜けていくと、法・文・経三学部の研究室の建物がある。桂子はエレベーターで五階まであがって、法学部の堀田教授の部屋をたずねた。耕一の指導教授だったので、耕一に連れられて二、三度その家に遊びに行ったこともあって、桂子と耕一の関係は教授のほうでもよく知っていた。耕一のほうから打明け話をしたり相談をもちかけたりしていたらしく、桂子は「いやだわ、堀田先生にいろんなことを知られて恥しいわ」といいながら、ふしぎにこのひとには自分のことを知られるのがいやではなかった。そして桂子のほうでは、数度しか会ったことがないのに、血縁ではないが精神の類縁関係からいって自分の身内の人間のような印象をいつのまにかもっていたのだった。

研究室には燈がついていたが、鍵がかかっていて、教授はいなかった。昼間でも薄暗い長い廊下にはひとのかげもみえず、桂子は寝しずまった寝台車の廊下にひとりで立っているような不安に襲われた。会いたいと思ったひとに会えなかった失望であたりは一層暗くなるようだった。なぜ堀田教授に会うつもりになったのかしら、と桂子は階段をおりながら考えたが、堀田教授の心には耕一が占めている場所があり、桂子が行けばその場所にはいりこんで、日だまりで丸くなる仔犬のようなやすらぎが得られると思ったからのようであった。

おりていく途中で、エレベーターを使わないで階段をのぼってくる堀田教授に出会った。

「先生」と桂子のほうが息をはずませると、堀田はにっこりして、

「いらっしゃい。お茶でも飲みましょう」といった。

研究室のソファにふかく身を沈めると短いスカートから膝のうえまでむきだしになるので、桂子は浅く腰を掛けて、そろえた脚を斜にした。玉露を竹の仙媒ではかって急須に入れながら堀田の眼が鋭く動いて、その桂子の坐りかたを一瞥したようだった。

桂子はまえにこの研究室に来たときの、部屋の匂いをおぼえていた。タバコの匂い、かすかな新茶の匂い、本の革表紙や糊の匂い、それにきょうはグレープフルーツか何かの匂いもまじっていた。

「御無沙汰しておりました」と桂子がいうと、堀田は驚いたように顔をあげたが、

「そう、あなたには一年近く会わなかったことになるね」といった。

「わたしのほうはときどきうしろ姿をおみかけしていましたけれど、先生のお歩きになるのが速いので追いついて声がかけられなかったんですわ」

「ぼくの歩くのがそんなに速いの？」

「わたしも女にしてはずいぶん速足のほうですけれど」

「今日は桜の下をゆっくり歩いてきましたよ。ほんとうはこわくなって駆けだしたいのをじっとこらえてね」

「先生も桜がこわいのですか」

「こわい。明るい真昼に満開の桜が幽霊の衣みたいに空にかかっているのをみると体が冷えきってしまうほどこわいものですよ」

桂子は微笑して、小ぶりの湯呑茶碗を手にとった。

「まえのは四君子の色絵の清水焼でしたけれど、山水にかわりましたのね」

「これも清水ですが、このほうが形がいい。つまりもちやすくて手になじみますよ」

「白い肌が冴えていますし、藍色もみごとですわ。こんなお茶碗をみると、毎日でもさわりに来たくなりますわ」

「遠慮なくいらっしゃい。今年は学生部長をやることになって、学校には毎日来ることになるだろうからね」

「学生部長ですか」と桂子は眼をみはった。「こういうときは、何と申上げたらよろしいのかしら。Congratulations! でもないし、I'm sorry では失礼だし、とにかく大変なことですわ」

「まあその両方を足して二で割っておけばいいでしょう。さっきは時計台下の集会の様子をみに行ってきたところですよ」

「社会学科の粕谷ゼミのひとたちだとか、文学部代議員会の連中だとか、まわりでいっていましたけれど。何をするつもりなんでしょうか」

「全共闘準備委員会が新入生歓迎集会を開くのだそうです。その前宣伝でしょう。今日は各部の出店が出て派手に勧誘合戦をやっているから、全共闘も出店を出して客寄せをやってみたのでしょう」

「花の下の晴れがましいところには似つかわしくないようでしたわ」

「あなたは芙蓉の花みたいな顔をしていて、ときどきびっくりするほど手きびしいことをいいますね。そういえば耕一君もあなたのことを爪を隠した猫だといっていたな」

「わたし、猫はそれほど好きではないんです」

「あまり爪をのばしていると、反りかえってきて自分の肉に喰いこむそうですよ。動物園の虎やライオンなんかそうらしい」

「それで爪をすりへらすために耕一さんやそのほかの他人を引掻いたりするんですわ」

「ぼくには爪を立てようとしても無駄だよ」といって堀田は笑ったが、その笑顔は牙をみせてあくびをしたライオンのようで、桂子は小さくなって神妙にするほかなかった。

「ところで、このあいだ耕一君からとうとう結婚する腹が決まったという手紙をもらいましたよ」

不安が水のように体の表ににじみでてくるのがわかった。桂子はことさら謎めかした微笑を浮べて、

「それはおめでたいことですわ」といった。

ひょっとすると耕一の結婚の決意は自分とではなくほかの女とのことかもしれないという気が一瞬したのだった。もしそうだとしても、それは内臓をすっかり抜きとられるようなことではあるが、平然としてそれを受けいれる自分であることも桂子にはわかっていた。六条の御息所のように生霊となってその女を苦しめるすべもないとすれば、だれもがするように見苦しく狂乱することしかなくて、それは桂子にはもっともできそうにないことだった。そうまでして耕一と結婚しようとする自分は考えられない。かりに耕一がほかの女と結婚するなら、それは耕一と桂子が顔をみあわせて意味深長に笑ったうえでのことになるはずで、そのあとも二人は憎みあうこともしない二人でありつづけるだろう。以前桂子が、お妾にして、と耕一にいったのも、桂子にとっては耕一の妻になるのもならないのもどうでもいいことのように思われたからであった。

「耕一君は自分の両親には話したらしいが、案の定、難色を示しているそうです。しかしそのうちに直接あなたの御両親にも手紙を出してみるといっていた」

「耕一さんの御両親はどういう理由で反対なのでしょうか」

そう反問しながら桂子の眼に強い光が浮んだ。堀田はそれを耕一との結婚を望む桂子の真剣さと解したらしく、桂子を制するようにいった。

「まあ、そう性急になっても事はうまくは運びませんよ。はっきり反対とはいわないが、賛成でないことはたしかだそうで、その理由がまたはっきりしないという。つまり、あなたの御両親が女ばかりのなかの長女のあなたには婿養子を、ということを当然考えているはずで、しかし耕一君のほうは長男だからこれも出すわけにはいかない。そんなはっきりしない話ですが、とりあえず、ぼくとしては、あなたの御両親にあわてて手紙なんか出さないほうがいいと耕一君にいっておきました」

「御心配をおかけしてすみませんでした」と桂子はいった。

「そのほうがよかったと思います。父と母には早速わたしのほうから話してみますわ」

「耕一君の話をするのはこれがはじめてですか」

「はい。改まってもちだすのはこれが最初ですわ。耕一さんとつきあっていることは両親も自然に知っているはずで、耕一さんからの電話をとりついでくれたことも何度かありました。でも、それがどういう人間でわたしとどういう関係なのかをきかれたことは一度もありませんし、わたしもそれを話したことは一度もありませんわ」

「妙なやりかたですね。しかしともかく正式に話をもちだしてごらんなさい。反対されるかもしれませんがね」

堀田に電話がかかってきた。学長室にすぐ来るようにとのことだそうで、桂子は立ちあがって会釈をするとドアの把手に手をかけた。

「結果を報告しにまたいらっしゃい。ここにいなくても、構内のどこかに出没していますからね」

桂子はお気をつけて下さいという気持を眼に集めて堀田教授の顔をみてから、うなずいた。

牧田圭介は西銀座の関西割烹の店で宮沢三津子と待合せることにした。

昼すぎに会社のほうにかかってきた電話では、「評論家の」という肩書きを自分からつけたようで、秘書もその肩書きをくりかえして圭介に電話をまわしてきた。

「宮沢でございます。御無沙汰しております」

きこえてきたのはさわやかな女の声で、その年齢の女によくある粘りつくような感じがまるでなくて、それをきいているとなめらかな岩のうえをすべる渓流に身をゆだねているようであった。物のいいかたに癖がなくさわやかなのは、ラジオの番組をもってしゃべっているためだろうか。舌の動きも頭の動きも無駄がなくてあざやかなのが圭介には快かった。

「例の件で至急お目にかかりとうございますが、今晩御都合はいかがでしょうか」

「何とか都合をつけます。場所は早速手配しますが」

「それでは三十分後にもう一度お電話いたしますわ」

これだけのやりとりだった。三津子は余計なことはいわず、出版社の専務と評論家の、仕事のうえの打合せという調子を崩さなかった。

圭介は受話器をおくと、顔をあげた秘書の女の子に、店の名を二、三あげて早速きいてみてくれと命じた。

三津子からは正確に三十分後に電話があった。

圭介が先に着いて待っていると、三津子が女中に案内されて、白いまて貝を大きくした形のバッグを胸のまえに斜にしてはいってきた。圭介のまえに坐るまでの歩きかたは、いつものように裾さばきが颯爽としてみえた。颯々の松風という、その音をきくような衣ずれの音であった。

「今日も着物だね」

「体が長くみえすぎて着物は似合わないといわれるけど、ほんとうは着物のほうが好きなのよ。帯を締めると気持もしゃんとして、かえって車にも酔わないわ。ところが、つい無精をして、髪は洋服のときのままなの」と三津子は笑った。

笑うと唇のめくれかたが独特で、少女のような歯並びときれいな歯ぐきがみえるのに、一方ではひどく淫蕩な女の感じがあらわれる。唇のうえのほくろのためだろうと圭介はまえから思っていた。その唇もくちづけに適した形と柔かさをもっていた。

「京都ではとんだことになったね」と圭介は三津子に酒をすすめながらいった。三津子は会釈して盃をあげると、

「悪いことはできないものですわね」と眼を細めて笑いかけた。

「文子は祇王寺の茶屋で桂子にみられたことをひどく気にしていたよ。それで気がおかしくなって、あのときは宮沢君ともうまく行かなかったといっていた」

「それはわたしも宮沢からききました。でも宮沢の話では、文子さんの気持が乱れていたのは事実でも、それはこれまでになく妖しい乱れかたで、宮沢を狂喜させるようなものだったようですよ」

「文子はそうはいってなかったがね」

「宮沢だってそこまで正直にはいわないわ。わたしたちだって、自分の家に帰ると不正直でしょう。少くともわたしは宮沢に対して率直ではありませんわ。嘘はいわないけれど、いわないでおくことが沢山あるの」

「宮沢君にあまりすげなくするのはよくないね」

「ほどほどに冷たく慇懃にしていますわ。いじめるには値しないひとですもの」

そういって圭介をみた三津子の顔には、心を許している女の甘えと、圭介のまえでは安心してみせる、ほかの人間に対する冷酷さや傲慢さがあり、圭介はそれが多少気にかかった。三津子が自分の女になりかけているのに、自分のほうは完全にそうなることを望むのかどうか、まだ決めかねているところがあった。

「じつは、京都であったことで、宮沢には話してないことがあるのよ。あなたにもお話しないつもりだったけれど、少し情勢が変ったので」三津子は大袈裟にいった。

「われわれもだれかにみられたという話かね」

「いやあ、驚いたわ」

三津子はほんとうに驚いたらしく関西のことばを口に出した。生まれが京都の岡崎で、気が顚倒したりすると関西のアクセントが出ることがある。

そういえば、尚古堂のふじのと知合いで、ふじのの父がもっていた不昧庵での茶会に圭介夫婦を誘ったのも三津子であった。

「すばらしい勘をしてらっしゃいますこと」と乾杯の手つきをしてから三津子は話した。「耕一からの手紙に、このあいだわたしを二尊院でみかけたと書いてあったの。それだけでしたけど、勿論あのときわたしはひとりではありませんでしたわね」

「耕一君がねえ。しかしそうすると、あのときむこうもひとりではなかったことになるな」

「桂子さんと一緒だったのでしょう。二人にみられて気がつかなかったなんて、不覚でしたわね」

「しかし桂子はその話はしてなかった」

「桂子さんはあったことを全部話すかたですか」

「あなたと同じさ。あれも一筋縄ではいかない子だ」

「二、三度遠くからみただけだけれど、桂子さんて、好きだわ。自分の娘にしたいくらいだわ」

「耕一君と夫婦にしてかね」

「とんでもない。耕一ととりかえてですよ」

「もうひとつのとりかえかたもある」

「それは今夜の審議事項からはずしましょう」といって三津子は眼瞼のうえを桜色にして圭介をにらんだ。

「可能性は幾通りもあるね」と圭介がいった。「確実なことは、桂子が祇王寺で文子をみて、耕一君が二尊院であなたをみた。これが一番ましな場合だ。最悪のケースでは、二人とも、祇王寺と二尊院の二組のカップルがどういう組合せだったかを知っているケースだ。その可能性もゼロではないとみなければなるまい。覚悟がいるね」

「わたしはいつも楽観的なのね。二人はそれぞれ自分の母親しかみていないと思うし、もっと悪いことに気がついていたとしても、大したことはなさそうだと思います。それより、耕一がいよいよ桂子さんと結婚する気になったようですから、こちらのほうが大変ですわよ」

「それは大変だ」といってから圭介は酒の追加を頼んだ。「何とかしなくてはね」

「少しお酒がすぎますよ。ねえ、本気になって考えて」

「桂子も結婚する気になっているのだろうか。これがまたあやしいものだ。あいつはいつかも耕一さん次第ですといっていたそうだが、耕一君にプロポーズをさせることだけが目的で、正式の話になると、今度は知らん顔をするかもしれないぞ」

「まさかそんなことはないでしょうけれど。でも別の理由で、桂子さんは結局耕一との結婚には踏み切らないのではないかしらとも思います。恋をする相手には耕一でいいけれども、自分の夫となると、桂子さんは耕一のような男をとらないと思うの。耕一には宮沢に似たところが多いわ。ほんとうは桂子さんには合わないタイプなのよ」

「それが希望的観測に終らなければいいがね」

圭介は酔いのまわった眼で天井をみた。北山杉の押縁（おしぶち）がきれいに走っていた。まっすぐ坐っている三津子はその北山杉のつづきのようだった。酔いで濁った眼が洗われるように思われた。

「少し酔ったようだわ」といって、三津子はわきにおいたバッグに手をのばそうとしたのか、体をよじった。青竹のしなやかさがみえて圭介ははっとした。

抱きしめて竹のはねかえす力を胸に感じたいと思った。それは文子にはない力で、はじめて三津子を抱いたときに圭介を驚かせたものだった。しかしそのあと圭介は三津子を異常な遊びの相手にしてしまったので、あの竹のような力を忘れていた。あるいはそれを恐れるあまり遊びにふけっていたのかもしれない。

圭介はまっすぐ坐りなおして三津子をみた。

「あなたに対してまじめになってきたようだ」

「少し酔いがさめたということですか」

「そう、いつになくsoberなんだな。いま酔っぱらっているとしたら、三津子という女にだ。その三津子をこれまで変な遊び相手にばかりして、損をした」

「ばかなひとねえ」と三津子はいった。「お酒に酔ってらっしゃるのよ」

それからふかい感情の色をたたえた眼で圭介のほうに向きなおると、もう一度、

「ばかなひと」といった。「わたしは最初からまじめなのに」

さわやかでやさしい声だった。

この告白に胸を突かれて、姿勢が崩れそうになるのを、圭介は体を堅くしてこらえた。こち

らは青竹でも北山杉でもなくて、醜い男の石の像だと思った。

「今日のことは宮沢君も承知だね」とようやく圭介はいったが、三津子はバッグから眼鏡をとりだしてかけると、やさしさのなかに皮肉の光を一瞬走らせて、

「勿論ですわ」と答えた。

「これからはときどき規則違反の会いかたをしたいね」

それには答えないで三津子は、やや顔の小さい、実際より長身にみえる体で立ちあがり、圭介のまえを横切った。


桂子は友人の橋本麻紀子と山田助教授の部屋に行った。ゼミの志望届を教務課に出すまえに、志望の山田助教授に会って「事前運動」をしておこうと麻紀子にいわれて、桂子もついて行く気になったのだった。桂子は二年のとき山田のクラスでT・S・エリオットのエッセイ集を読んだことがあり、麻紀子はそのほかにも一年のとき山田の指導学生だったことがあった。

山田助教授は二人の顔をおぼえていて、卒論は大体どんなことをやりたいのかとたずねた。

「アプダイクかソール・ベローあたりをやりたいと思っています」と麻紀子がいうと、山田は難色を示した。

「わたしの専門とははなれすぎていますね。アメリカの現代文学なら植村先生にお願いしたら

どうですか」

「でも、あの先生はドラマが専門だというし、お年寄りだし、何だか頼りないみたいでいやなんです。あたしの場合、人間中心で先生を選んだので、先生のゼミに入れていただけるなら、やりたいことは変更してもいいんです」

「あまり筋の通った志望のしかたとはいえないようですが」と山田は若い割には重たくきこえる口調でいった。「それに、あなたがたの物差しで簡単に教師の人間をはかるのも大胆すぎますね。女の子の人気投票のようなつもりでゼミの志望を決められては困りますよ。そちらの牧田さんは？」

「はい。わたしはジェーン・オースティンをやりたいと思います」

「そうですか。それならわたしの守備範囲にはいりますね」

「最初はイヴリン・ウォーをやろうかとも考えたんです。それで自伝も少し読みはじめてみましたけれど、肝腎の小説のほうが、わたしの英語の力ではとても読みこなせないようで、自信がなくなりました。ウォーの文章には棘がたくさんあるようですけれど、それがよく理解できなくて、骨の硬いお魚をのみこんだようなありさまになるんですわ」

「オースティンの、とくにどの作品にしぼりますか」

「別に、それは決めていません。できれば小説は全部読んでみるつもりでいます。執筆年代順にJuvenilia の短篇から読みはじめて、Sense and Sensibility と Northanger Abbey まで読んでみました。オースティンの研究文献のほうはまだ全然あたっておりませんけれど」

「よく勉強していますね。オースティンのどこが気に入ったのですか」

「牧師の家のなかで、ひとをよく観察して、ひとに隠して小さな紙片に小説を書きためていったのが妙におもしろかったのです。芸術家的作家でなかったのが好きですわ。それに、これはつまらないことですけど、オースティンが生涯独身だったことも気になります」

「牧田さん自身も独身主義を標榜しているわけではないでしょうね」

「わかりませんわ」と桂子は笑いながら赤くなった。

「どうやらあたしはふられたようね」

廊下に出ると麻紀子はすっかりしょげた様子でそういった。

「山田先生の御専門からすると、麻紀子さんのは新しすぎてびっくりなさったのよ。先生はアメリカ文学だってホーソンやメルヴィルあたりならおやりになったこともあるわ」

「魅力ないわ、そんなの。しょうがないからあたし、小田切先生のところへ行こう。あの先生、ローレンスが専門らしいけど、学生には好きなことをやらせてくれるんですって。ヘンリー・ミラーとかノーマン・メイラーをやりたいなら小田切さんのところへ行けって、先輩にもいわれたわ。まあ、いいわよね、小田切先生でも。お茶でも飲みに行かない？」

「いいわ。どこにしましょう？」

「あたし、今日はもう帰る。だから駅まで出て、例の《マロニエ》でもいいわよ」

耕一とはよく行っていた店だった。

「じゃ、歩きましょう」と桂子はいった。

「あなた、歩くの好きね」

桂子の家は駅をへだてて大学とは反対側だった。歩けば三十分ほどの距離で、歩けないこともなかった。大学から駅までは下り坂の多い道で、庭の広いしずかな家が多かった。大学からの帰りには足の向くままに小さな道を選んで、庭木の花をみながら歩くのが好きだった。個人の家に桜はあまりなくて、いまは握りこぶしが空を向いてひらきかけている形の、赤紫の木蓮が目立った。塀のうえに緋木瓜（ひぼけ）がのぞいている家もある。どちらも桂子の家の庭にもあったが、軟い風に吹かれながら通りすがりにみるよその花のほうがたのしいようだった。

《マロニエ》は庭のある喫茶店で自家製の洋菓子も食べさせる店だった。

庭の隅ではもうつつじが咲いていた。

「宮沢さん、どうしてる？」と麻紀子は坐るなりたずねた。

「元気らしいわ」

「まだ大阪なんでしょう？」

「ええ」と桂子は口数が少かった。

「早く結婚しちゃいなさいよ。あなたのほうは卒業まえだっていいじゃないの」

「そんなの、むずかしいわ」

「じれったいわねえ。結婚のことになると彼もあなたもどうして優柔不断になるのかしら」

桂子は微笑してストローをくわえた。

「わたしの顔、しあわせそうにみえない？」

「へえ？」と麻紀子は驚いて桂子の顔をみつめたが、早合点して、「すると、そうなの？ これはまいりました。おめでとうございます」と頭を下げた。

桂子の心があたたかくなってかげろうの立ちそうなけはいが感じられるのは、耕一のこととは関係がなかった。山田助教授のもとでオースティンを読むことができそうなのがうれしいのだった。

「でも麻紀ちゃんはどうしてアプダイクやソール・ベローなんかをやるの？」

「別に絶対的な理由なんてないけど、ソール・ベローなら、ユダヤ人の問題もあるし、疎外とか、犠牲者の問題もあるし、アプダイクの場合は逃亡というテーマがおもしろそうなの」

「ソール・ベローって、ユダヤ人なの？ そういえば、ソール・ベローにHerzogという小説があるけれど、アンドレ・モロワの本名もEmile Herzogっていうのね。モロワもユダヤ人だったわ」

「知らないわ、そんなひと」と麻紀子は鼻を鳴らすようにしていうと、「それより、アプダイクは最近 Couples を出したでしょ。これがおもしろいのよ。swapping の問題もとりあげているわ」

「swap って、とりかえることでしょう?」

「そうなんだけど、あなた知らないの? たとえば二組の夫婦が、自分のワイフをとりかえるのよ」

「そういうとりかえなの」といいながら桂子は蒼ざめて身を堅くした。

外は花曇りで、桂子の胸のなかも曇ってくるようだった。


月曜の朝、桂子は庭に出て花をみていた。

夜来風雨の声が耳についていた桂子は、散った花の多少をみにおりたのだった。雨に打たれて散った花はそれほど多くはなかった。木蓮は丈夫そうな花をつけて地面から枝をひろげている。同じ木蓮科のこぶしもまだ花を残していた。一夜雨に打たれた白いこぶしの花は、ひとびとが願をかけて木に結びつけた紙片のようだった。

昼から学校へ履修届を出しに行くことにして、縁側で庭木にやってきた尾長の動きをみていると、応接間のほうから隣の木村夫人の高い早口がきこえてきた。

「それは奥さま、ひどいものですわ、漁師がまえの晩に貝を撒いておくんですよ。勿論入場料をとりましてね。うっかりお金を払わないで海にはいるひとがいると、漁師が全学連みたいな携帯マイクでどなるんですよ」

きのう、富津へ潮干狩に行った話らしかった。そのときのだといってゆうべもらった浅蜊は、けさ、父と桂子はすましの汁にして、母と妹たちは味噌汁に胡椒を吸口にして食べたが、粒のそろったよい浅蜊であった。

「なにしろ、最初沖へ沖へと出てみましたけれど、これが全然ないんですのね。すると漁師が、『お客さん、沖はだめだよ。もっと手前だよ』というんですの。ははあ、何か仕掛があるんだなと思ってきいてみると、さすがにはっきりとはいわないけれど、『まあ考えてごらんよ、一日何千人というお客さんが来るんだからね。こちらも貝があるように考えておくんだよ』ですって。それで堤防のすぐ下や、竿が立っているところを掘ってみると、気が狂ったみたいにがさがさ出てくるんですのよ。それも浅蜊だけ。昔、子どものころはよく潮吹を掘りだしてはくやしがったものですけど、いまはもうほかの貝が棲んでいるわけはありませんわ。なにしろ砂ではなくて臭いまっ黒な泥ですものね」

「そうでしたの。道理で、粒のよくそろったきれいな浅蜊だと感心したものでしたわ」

桂子は川から海への流れを模した枯山水を眺めていた。その海にあたるところに雨の水が溜り、桜の花が沢山浮んでいるのは無残であった。花の死骸は、溜り水が干上ると、乾いて岩にこびりつくほかに行き場がないだろう。この庭に桜はなかったが、隣家の桜の落花のようだった。

応接間の話題は小さくなった。

しばらくして、桂子が二階の自分の部屋で英語学のテキストを拾い読みしていると、母が呼びに来た。

「木村さんに一服さしあげたいので、あなたもよかったら」

桂子はラジオで宮沢三津子（仕事のときには三津子をみつ子に変えていた）の番組をきくつもりでいたが、

「いま行きます」と答えて髪をなおした。

丸い菊を集めた小紋を着ていたが、そのまま下りていくと、木村夫人は外出の途中なのか、鮫小紋に白い線描の風景画のみえる着物でソファに坐っていた。特別の改まった話があって桂子の家に来たのかもしれない。

木村夫人が辞退するのを、庭に面した十畳の間に案内すると、母が瓶掛に鉄瓶を据え、盆に道具を用意した。

母と眼が合ったとき、

「あなた、お点てなさい」とささやかれて、桂子は気がすすまなかったが息をととのえた。

これでそこに若い男が堅くなって坐っていればお見合だわと桂子は思ったが、その余裕が出てくると、座卓のうえにおかれた紙袋にも気がついた。なかには見合用の写真がはいっているようだった。

木村夫人はさきほどの潮干狩のおしゃべりが別人のものだったかのように神妙になって、桂子に卒論のことをたずねたりした。いつもはがらがら声に近いのが、無理に水飴でくるんだようなよそゆきの声に変っているのもおかしかった。

「桂子、木村さんがもってらしたもの、拝見してみますか」

木村夫人が帰ると、道具をしまいながら母はゆるやかな調子でひとりごとのようにいった。

「ええ。みせていただきたいわ」と桂子が応じたので、母はかえって狼狽したような顔でふりむいた。若い娘の、それも親には話さない恋人のいる娘のはげしい拒絶のそぶりにぶつかるものと覚悟していたのが、意表をつかれた様子だった。

「あなた、まじめに考えているの。その気がないのに好奇心だけで他人様のお写真を拝見するのは失礼ですよ」

「いいかたがあれば、卒業と同時にでも結婚する気はあります」

「じゃ、卒業してからお勤めに出たりすることは考えてないのね」

「その必要がなければ働くつもりはないわ。いずれはだれかと結婚するんですもの。苦労してまわりみちをすることはないと思います。相手がいなければ、卒業してから当分うちで遊ばせていただきますわ。お茶やお花のお稽古ももっとやりたいし」

母はどこまで信じてよいのかわからないというふうに、眉根に皺を寄せて桂子をみつめた。桂子は母のその顔が嫌いだった。顔が翳ると愚かしくみえるように思われた。

「あなたのいうことをきいてると、何だか張合いがなくなるわ。近ごろの世間の娘さんはもう少し現代的なことを考えて親にたてつくようだけれど。まえにいっていた、アナウンサーの試験を受ける話はどうなったの？」

「やめました」

耕一が大学にいて、放送研究会の部長をしているあいだは、そちらのほうの勉強をするのも自然なことのように思われた。桂子よりも耕一のほうが熱心なくらいで、桂子なら競争率何百倍のところでも最後の数人には確実に残るとうけあっていた。

「声と容姿端麗と頭だけでそこまで行ける。あとは努力、トレーニングだ」

しかし桂子には、眼を吊りあげるようにして競争に勝ちぬいていくことに、かりに成功したとしても、それを生き甲斐と感じる心がなかった。そんな優雅とは反対のことには熱中できない自分であることを知っていた。耕一がいなくなると、放課後、大勢の部員が屋上に並び、夕暮の空にむかって、みんなから烏が啼いているといわれる発声練習をするのに、加わる気もなくなった。

そのころ、耕一に教えられて、耕一の母の「奥様時評」というのをきくようになった。桂子は宮沢三津子のさわやかで女臭くない声としゃべりかたが好きだった。耕一は自分の母の声をほめずに、甘さのある桂子の声がいいといっていたが、桂子は母から受けついだ自分の声が嫌いで、紬の手ざわりの声でしゃべりたいと、いつも気にかけていた。

母がぐずぐずした声で、経歴を書いたメモを読みあげていた。桂子は写真を出して眺めた。若い男がこんな写真を撮って、それを世間に流通させるのはどんなものだろうかと桂子は思った。それだけでもそんな男に憐れみをおぼえたが、写真には眼鏡をかけた眉の太い男の顔がうつっており、登山が好きらしく、友人たちとどこかの山の頂上で撮ったのもいれてあった。自分は男らしいんだぞと、虚勢を張っている様子がこの男にはあって、一見豪放そうな顔のむこうには、弱い子どもっぽい精神が、犬小屋にもぐりこんだ愛玩犬のようにひそんでいるのではないかという気がした。九州の男である。

自分は耕一のような男を愛しても、結婚するのは世間に多いこういう型の男になるかもしれない。この確信めいたものに根拠はなかったが、桂子は写真の男をみながらその考えをのみこもうとした。毒薬をのみくだすような力がいった。

耕一と結婚しないのなら、耕一とは全然ちがう型の男にしたいというだけのことである。これはだれに対する復讐なのだろうかと桂子は思った。

毒をのみこんで苦しくなって顔をあげると、母がかすかに口をあけて、「深井」のような顔でこちらを凝視していた。しかし焦点はどこにも合っていない放心した眼のようでもあった。

桂子がむきなおると、母と三尺ばかりをへだてて対峙する形になった。

「どうしたの、お母さま」

「その写真は桂子にみせなかったことにしてお返ししましょう。どうせあなたの気に入るようなかたではないでしょう。結婚する気がないのに、無理をしてはいけないわ」

「どうしてそんなことおっしゃるの。結婚する気はあるんですわ」

「でも、結婚したいひとがいても、結婚できないこともあるんですからね」

「それなら別のひととすればいいんだわ」

「そんなやけを起したようなことをいって……」

母は涙ぐんでいるようだった。

桂子はかたくなになって眼をそらしたまま黙っていた。撫で肩を落して崩れそうにしている「敵」のまえで何をしたらいいのか、桂子は途方にくれた。母には、柔かい肉につきものの、動かしがたいしぶとさのようなものがあることを桂子は知っている。父に対するときの母をみていると、受け身でいてけっして相手に動かされていないのは母のほうだった。その母が桂子にだけは妙に弱く愚かしくなったりするのが解せなかった。それもじつは巧みな芝居なのだろうか。そう思うと桂子は胸のなかで怒りが起きなおるようだった。

「もう学校へ出かけます」

「お母さんも駅まで出るから一緒に行きましょう。車を呼ぶわ」

「お母さま」と桂子は立ちあがった母が自分より背の低いことをたしかめながらいった。

「宮沢さんに結婚を申込まれました。いずれ先方から正式のお話があると思います」

「それで、桂子は?」

「まだ耕一さんにもお返事していません。お父さまとお母さまが反対でなければ、結婚してもいいと思っています。お父さまとも相談してみて下さい」

こういう話は母でなく父にしたかったと思ったが、母のほうは、きくべきことをついにきかされてかえって安堵のふうがみえた。

桂子が洋服簞笥の扉をひらいて着換えをしていると、いつのまにか母が来て、桂子の脱ぎすてた着物をたたんでいた。

出がけに桂子は、

「こんな曇り空の日には京都へ着てらっしゃった大島がいいのに」といってみたが、自分の意地の悪さが胸につかえるようだった。

「花冷えね」と母はゆっくりした口調でいった。「花の下になかなか帰らない冬がいて意地悪をしているようだわ」


桂子は鞄を腕にかけたその腕で胸を抱くようにして立っている自分に気づいた。けわしい眉をしていたようだった。

鎖でつながれている学生は一年のとき同じクラスにいた佐々木だった。新聞部の編集長や文学部代議員会の副議長などもやっていた学生で、去年の秋までは桂子も構内で会えば口をきいたりしていたが、最近は学校に姿をみせなくなり、逮捕されたとか、退学したとかいう噂を耳にしたことがあった。

立看板には赤い字で「学友の不当処分に抗議する」と書いてあったが、詳しい事情はわからなかった。「教育の帝国主義的再編成」とか「産学協同路線」とかが佐々木の退学処分と関係があるかのように書いてあるのも桂子にはよくわからなかった。

五月中旬の陽気だときのうテレビがいっていた天気がきょうもつづいて、あたたかい午後の陽ざしのなかで佐々木は膝をかかえていた。首には「ハンスト中」の札をぶらさげ、太い鎖を巻いてその端を正面玄関の柱に巻きつけてあった。これで古鍋でもころがっていればまるで犬そっくりだわと桂子はおかしくなった。ちょうど昼休みの抗議集会が終って、この犬の真似をしている学生の仲間もどこかへ姿を消したところだった。

桂子は近づいてしゃがむと、

「今日は、佐々木さん」といった。

髪をひどく長くして総髪の壮士のようだったが、眼の大きい、ある種の美少年風の顔をあげると、佐々木は照れたように笑った。

「どうして犬の真似なんかしているの」

「あんまり恰好よくないけどな」と佐々木は力のない声でいった。「全共闘の連中がきっかけをつくるためにこういう演出が必要だったんだ。いままでの関係もあるしね。どうせ退学になるなら、この程度のことは協力してやってもいいと思ったんだ」

「どうして退学になったの」

「一年次に二年留学して、今年で三年目になるんだよ」

「留年規定というのにひっかかったわけね」

「ああ。みっともない話だがね。それでこのあいだ、三月三十一日付で除籍の通知が来たよ。じつをいうと、おれのほうから退学するつもりで、そのまえに退学願の用紙をもらいに行ったけど、出すのも面倒になってほっといたら、むこうから切り棄てられたわけさ」

「じゃあ別に不当処分というわけではないのね」

「それを不当処分といわなきゃならないのさ」

「佐々木さんは承知のうえで利用されてるわけね」

「まあね。おれはピエロでいいよ、犬になって残飯もらってもいいよ。もうどうでもいいんだ」

「恥しくないの、こんな恰好をして」

「退屈してるんだよ。これが一番いけないんだなあ。闘争やってても退屈なんだよ。最近は食欲もないねえ。物を食べるのが滑稽で面倒で……」

「ある種の病気なんだわ。わたしなんかの手に負えない病気のようね」

「もう二、三年も病気だ」

「ハンスト中だって書いてあるけど、ほんとうに何も食べないで死んじゃうの?」

「夜になったら牛乳やジュースを飲むことになっているよ」

「いんちきなのね。断食行者なら一月や二月は平気だそうよ。牛乳飲むなら、あとで差入れしてあげましょうか」

佐々木の仲間が文学部の建物から出てきたようだった。

「早く行けよ。ここにいて誤解されるとまずい。牛乳はいらないよ」

翌日、昼休みに佐々木は鎖を引きずったまま、立ちあがって数十人の学生にむかって演説をしていた。

桂子は佐々木とその仲間のいるすぐまえのベンチに坐ってきいていた。佐々木はヘルメットをかぶり、少女のような大きな眼が血走って、自分の受けた処分について、それが弾圧であるとか、学生という社会的存在の抹殺であるとか、はげしいことばで大学側を非難している。いまにもひとを殺傷したり火を放ったりしかねない勢だった。桂子は驚いて、佐々木にまたやる気が起ったのだろうかと思いながら文学部の教室のほうへ歩いていった。

二、三日雨が降りつづいた。

その降りはじめた夜の春雨に濡れながら、桂子はわざわざ池のある公園を横切って家に帰った。池畔の燈に浮びあがる雨は糠のようで、湧き水をたたえた池の面が降る糠に乱されもせずに光っているのも、春の水らしかった。「春水満田」ということばを思いだした桂子は、日曜日に遠出をして田の畦で芹を摘もうと思った。雨のあとでは土筆(つくし)は腐っているかもしれない。のびるならこの公園の梅林の下に今年も生えているだろう。

しかし桂子は次の朝から風邪心地で、講義のない土曜日と、最後の花見休日といわれた日曜日とを、雨の窓をみながら自分の部屋に閉じこもっていた。

窓をあけて首をのばすと、隣の木村家の庭がみえる。鎖でつながれた犬がときどき犬小屋の外に出ては、黒く濡れた土のうえで濡れそぼって泣くような吠えかたをしていた。犬の毛は雨と泥土に汚れて、濡れた簑のようだった。桂子は、ろくに物を食べずに自分を鎖でつないで坐っている佐々木のことを思いだした。犬は昼が近づくと、空になったアルミの容器を鼻で廻して、長いあいだからからといわせていた。

雨でゴルフに出かけるのをやめた父は、朝から書斎をかねた応接間に引きこもっていたが、昼まえ、桂子がおりていくと父も出てきた。そして桂子の顔をみたとたんに、

「昼間から雨中の花をみて飲むのもわるくなさそうだ」といいだした。

桂子は台所へ行って母にそのことを伝えた。

「魚屋さんにきいたら、真鯛のいいのがあるのだそうです。早速届けてもらうように頼みました」と桂子が台所から報告に来ると、「平造りにして、あとは潮にしてもらうか。しかし頭はあらだきもいいな」

「酒蒸しもかぶと焼きもとおっしゃるんじゃないかしら。鯛が何枚あっても足りませんわ」

「まあいいさ。お母さんにまかせておこう。桂子はここに坐って、酌はしなくていいから人形みたいにしていなさい。こういうときには女房よりも娘を相手にして飲むのがたのしいもの

だ」

「ここからみえる花はあまりないようですわ。少々の雨にはへこたれない木蓮と、咲いたばかりの木瓜と、椿の咲き残りくらいです」

「ほんとうは花より雨をみながら飲むのがいい。縁側のガラス戸をへだてて、外は春雨だがこちらでは一人娘に酔っぱらう」

「一人娘？」

「これだ。このあいだ茨城のひとにもらった酒のことだよ。辛口のいい酒だ」

母が烏賊と筍の絹皮の木の芽あえを出した。あとは、菜の花、日野菜、芽生姜、蕨のうま煮を盛合せたのに鯛の平造りが出て、母は向いあった父と桂子とをみくらべる位置に坐った。

桂子は飲めば何杯かは飲めるほうだったが、母はけっして盃に口をつけない。少くとも桂子はそれをみたことがなかった。

「お酒をいただくと乱れるからよ」

「ほんとうはかなり飲めるのに我慢しているようないいかたじゃないか」

「桂子も少しばかりいただけると思って調子に乗っていると、とんだ恥しい目に会いますよ」

「きょうは女どもも酔っぱらったっていいさ。子どもたち二人はいないじゃないか」

「みや子たちはボーリングに出かけました」と母がいった。

自分はするとそういう筋書きのなかに組み入れられているのだろうかと桂子は身構えた。耕一との話が出てくるはずで、その場合、母がそこにいるかぎりは、父もともに「敵」とみなすべきだろうか。

「このあいだ京都で、耕一さんと清滝まで行ったわ、お母さま」

いきなり剣を抜いて切ってかかる調子で、桂子はまず母のほうに向った。

「京都でデイトかね」と父がすばやく割ってはいるようにいった。

「唇もふれないデイトですわ」

「桂子は大胆なことがいえるようになったね」

「耕一さんには、知りあって送ってもらった最初の晩、坂の下の暗いところで唇を重ねられて、わたしもこばまなかったんですわ。それから二年余りたつのに何事もなくて、いまごろ耕一さんはわたしと結婚したいんですって」

酔いがいわせるのか、桂子は少しやけのように恨みをあらわにした。

桂子は酔ったふりをしているつもりだった。酔ってはいないにしても、顔が熱くなり、憑きもののした自分が口をきいているようであった。

母は黙っていた。それからすっと立って消えようとしたのが、桂子の眼には陰険な御殿女中の挙措でもみせられたように映った。

「お母さまもここにいらして下さい」

「お銚子をつけます。そのあいだ待てない？」と母は動じないでいい残すと台所へ行った。

「その耕一君とやらについて、もっとちゃんと話してくれ」と父がいった。

「宮沢裕司という大学の先生の長男で、お母さんは評論家の宮沢みつ子さんですわ。耕一さんは去年うちの大学の法学部を卒業して大阪で銀行に勤めています」

「そういう恋人だか友だちだかがいることはうすうすは承知していたよ。結婚まで考えるほどの仲なら、なぜもっと早く打ち明けてくれなかったのかね。うちにも気楽に遊びに来てもらえばよかった。いま急に結婚の相手という形でもちだされても、宮沢耕一君がおまえの婿にふさわしいかどうかもわからないし、先方も同じ意味で困ってしまうだろう」

「おっしゃる通りだと思います。おたがいによく調べたうえで、何かさしさわりがあるなら結婚しなければいいんです」

「そういうのは親がいうせりふで、それを先にいわれてしまうとどうも工合がわるいな。まあ、もっと飲みながら話そう」

「お母さまはどんな乱れかたをするのか知りませんけれど」と桂子は挑むような調子でいった。

「わたしはお酒を飲んでも頭のなかが濁ったりはしません。少しばかり物のいいかたが婉曲でなくなるだけですわ」

「そう。じゃあずけずけと何でもいってごらん」

「そういいたいのはわたしのほうなんですわ。耕一さんとの結婚をお許しになれない理由があるのなら、いま、ここでおっしゃっていただきたいのです」

「無理な註文だね。なにしろ、わたしはまだ耕一君について判断するための材料をほとんどもっていない」

「そうでしょうか。あの宮沢さんの長男だということで充分すぎるのではないかとも思います」

「どういうことかね」

「お父さまもお母さまも、ほんとうは宮沢さんを御存じなんじゃないかと思います」

「名前くらいは勿論知っている。ほんとうは、というのはどういう意味だ?」

「じつは耕一さんもわたしも、あの日お母さまを祇王寺の茶屋で、耕一さんのお母さまを二尊院でそれぞれみかけました。そして、ここから先はまったくの想像になって飛躍しますけれど、宮沢さんもあの不昧庵での茶会に招かれたお客ではないかと……」

「たしかに、少々飛躍しすぎるようだね」と父はいった。

「すみません」

桂子は肩を落した。

「敵」を追いつめて動揺のけはいに目をくばったりするつもりはなかった。いってみたかったことをいってみただけの、幼い甘えのようでもあった。

「桂子」と台所から母が呼びに来た。

「はい」

「そろそろ頭を潮煮にしようと思うけど、手伝って」

桂子は立っていって、鍋を火にかけた。そのあいだに母は水に放してあった針うどの水を切って椀に入れた。

「木の芽を添えるのね」

「あ、気をつけて。昆布は沸騰するまえに引きあげるのよ」と母がはずんだ声でいった。

月曜の朝は雨が残り、桂子が学校に着いたころはまだ融けて落ちそうな曇り空であった。桜は遠くからみると褐色に汚れてしまったようだったが、若葉が出て花を追いはじめているのだった。

時計台や講堂のある本館の様子に異常が感じられたのは、二階の窓から赤い旗が突きだし、細長い幕が横に張られてあるせいだった。幕には、「不当処分粉砕！　文学部長室封鎖中」という字が読めた。

玄関まえには大きな立看板が出ていたが、鎖でつながれた佐々木の姿はなかった。桂子は軽い失望のようなものをおぼえた。二、三日まえまでは「餓死するまで闘うぞ!」などという文句もあって桂子を失笑させた立看板のかわりに、新しいのには小さい字で、「ハンストという自己限定的な戦術を封鎖へと拡大し、闘争のための砦を確保する」というようなことが書いてあった。文学部長室封鎖という行為そのものよりも、佐々木たちにほんとうにハンガー・ストライキをやる気があったかどうかも疑わしくて、その都度理窟をつけては別のことに移っていくやりかたに、桂子は不愉快を感じていた。

本館を通り抜けて文学部の建物へ行く途中で堀田教授に会った。忙しいときだろうからと、目礼だけですれちがおうとすると、堀田のほうから呼びとめて、

「ゆうべから文共闘の連中がやりましたよ」といった。「ヘルメットに覆面しているのでよくはわからないが、このあいだあなたがいっていた粕谷ゼミの連中が中心のようですね」

「わたしもほんとはひとからきいただけでよくはわからないのですけれど」

「粕谷というのはどういうひとですか」

「社会学の若い先生で、ひげを生やしています。beardのほうですわ。二、三年まえ、アメリカに留学したときにむこうで反戦デモに加わって逮捕されたとか、いまはべ平連だとかいわれています」

「少しふとっていて人相の悪い、いつも肩からさげる鞄をもって歩いているやつだな」

「ネクタイを締めているのをみたことがないひとですわ」

「文学部では英語の小田切というのもよくないそうですね」

「そうかもしれません。ゼミには女子が多いのですけれど、あまり勉強するのが好きでない、ヒッピーかぶれの学生が集っているようです。先生のほうも英語をきちんと読まないで、すぐに思想とか文学とかを問題にして、若い評論家が使うようなことばを使ってとりとめのないおしゃべりをします。クラス討論だとかいって授業をしないで政治問題を議論することもよくあるそうです」

「そうですか。これから文学部は大変ですよ。文共闘の連中は教授会公開や教授会との大衆団交の要求をかかげていますからね」

桂子はさっきから堀田の左手の繃帯が気になっていた。

「先生、手をどうなさったのですか」

「ああ、これね」と堀田は笑った。「土曜日に犬に咬まれたのです。医者を連れてきて、診察させたうえ、ハンストをやめさせようとしたら、暴れだして咬みつきました」

「ひどいわ。わたしならそんなことをする犬に咬みついてやりますわ」

「あの犬は不退去罪で目下野犬収容所に収容されています。ただしこれは内緒ですよ」

昼休みになると、本館のバルコニーにヘルメットの学生が数人あらわれてスピーカーで演説を始めた。桂子は騒音が風邪気味の頭に響くので、山田助教授に会ったあと、早めに帰った。

翌日は朝から騒然としていた。本館全体がバリケードで封鎖され、「全共闘闘争宣言」という立看板が正面玄関に出ていた。処分問題のほかにもっと厄介な問題が出てきたらしかった。

光る風

朝、目をさましたとき、何か大きくて柔かいものを抱いていた感覚が残った。行く春の名残りのようでもあった。薄めの掛蒲団だけで寝ていたが、それでも体温がこもって明けがたは汗ばみがちだった。寝床のうえに起きあがってあぐらをかいたような姿勢で放心しているうちに、重たき琵琶の抱きごころという、琵琶を抱く姿勢もこうなのだろうかと桂子は思った。それから今度は、自分が胴のうつろな琵琶の形をして抱かれるのを想像してみた。だれに抱かれているかは自分でもよくわからない。

まえにはこんなとりとめのない、夢中の遊泳に似た観念の動きまでも熱心に書きとめて、耕一に長い手紙を書いたものだった。耕一にいわせれば、恋をしたときにそういう手紙が書ける妖しい文才は稀有な情熱の変形で、それはいつも自分を抑えて乱れない桂子のなかで火に包まれて踊り狂っている猫のようにみえるというのだった。桂子のほうは自分が情熱的な女だといわれてもあまり実感は湧かなかった。ただときおり、自分のからだが高温と高圧で燃える物質を封じこめた竈（かまど）であるような気がすることはあった。はじめて耕一に抱きしめられたときもこの竈は爆発しそうだった。いまは燃える火の力が感じられなくなっている。

三月に嵯峨野を歩いて以来、桂子のほうからは手紙を出していなかった。

桂子は窓をあけると、朝の風と光のなかで髪を梳かした。鏡のなかで髪が光っていた。というよりも髪にたわむれる風が光っている。「風光る」という季題は春のものだろうか、それとも初夏のものだろうか。髪を束ねて括るための紐を口にくわえ、両肘をあげたままで、桂子はしばらく考えたが、やがて考えることを忘れて風と光をはらんだ髪をいじる指に注意を集めた。

妹たちとちがって桂子は耳を隠して髪を長く垂らすのがいやだった。額も満月のようにあらわにしていないと気がすまない。妹たちの髪の形をみていると、ものぐさな獣をみるようで気に障るのだった。

髪はうしろに集めて編みわけて垂らした。ほんとうは首筋もあらわにして、まっすぐな青竹のようにみせているのが好きだった。

髪をととのえて顔をつくるのに桂子は小一時間もかけることがある。それはいわば春光煦々（くく）とした気分になって、胸のなかを吹きわたる風も光っているように思われるときのことで、そんなときには調子よく細工を仕上げていく職人の歓びを味わいながら化粧を仕上げていくことができた。

鏡のなかにあるのは自分の顔を離れた面である。いつも最初はなじめない気がするけれども、それに入念な化粧をほどこしているうちに、それを自分の顔にかぶるのがいやでなくなる。そうなるために長い時間をかけて鏡に向っているのだともいえた。

急に鏡のなかが暗くなった。桂子の顔のまわりに渋い赤葡萄酒色の紬が映っていた。うしろにだれが立っているのかと、桂子は体を硬くした。

どこからともなく魔女のように忍びこんだふじのがうしろに立っているのではないか。一瞬その恐怖と嫌悪で汗がにじむ思いだった。

まえにもそういうことがあった。桂子が中学生だったころ、ふじのが京都から来て、二、三日泊っていったときのことで、朝、桂子が鏡のまえで髪をリボンで縛っていると、ふじのが音もなくはいってきてうしろに立っていた。桂子があっと声を立てるまもなく、ふじのがリボンを奪いとって、手慣れた髪結いのような手つきで桂子の髪をいじりはじめた。

「これでどう?　かわいいでしょう」

鏡のなかに顔を並べてふじのがのぞきこんだ。前髪を眉のすぐうえまで垂らされた少女の顔に頬をすりよせるようにして、皺の多い、淫蕩な猿を思わせる中年の女の顔が並んでいた。

「あんたは頬がふっくらしているからこのほうが似合うのよ」
そのころは少しふとり気味で子どもらしい丸顔だったが、桂子は乗物に酔ったような気分の悪さで顔をあからめ、辛うじてうなずいた。ふじのが行ってしまうと、桂子は憎悪をこめて髪を梳きなおし、額を出した。

なぜふじのに敵意を抱くようになったかはよくわからない。ふじのは三条の骨董屋の女主人で、桂子の家に泊ったころはまだ未亡人ではなかったが、とっくの昔に女であることをやめてしまったようなところがあり、相好を崩してよく笑い、よくしゃべった。剽軽(ひょうきん)で頭の回転が速くて男のようにさばさばした気性だと母はいっていたが、桂子にはそうは思えなくて、母に、「ふじのさんて、置屋のおかみみたいで苦手だわ」といって叱られたこともある。映画やテレビでそういう役をやらせたら絶妙の演技をする、ある中年の女優をみると、ふじのに似ていると思った。母などの評とはちがって、桂子はふじののことを煮ても焼いても食えない女だと感じている。京都では京都のことばをしゃべるのに、東京に出てくると、まるで東京の下町生まれのようなことばを流暢にしゃべる。桂子にすればそれもひどく胡散(うさん)臭いことであった。

しかし桂子がふじのの正体をみたと思ったのは、桂子の入浴中に、「一緒にはいるわよ」と声をかけていきなりふじのがはいってきたときであった。痩せて、しなびた乳房が袋のように垂れさがった体つきは、西洋の醜い魔女の裸をみるようだった。そして腹の下の、何か黒い毛皮を縫いつけたような、異様にたけだけしい毛の茂みが桂子の眼に焼きついた。思わず眼を閉じたが間に合わなかった。ふじのといえばその黒いたけだけしいものが眼に浮ぶ。そんなものをみせたふじのを桂子は許すことができなかった。

その桂子の敵意はふじのが不昧庵で催す茶会にまでも及んでいる。ここ十年来、月に一度は父と母が出かけるその茶事が、桂子の直感では何かいかがわしいもののように思われるのだった。

三月の嵯峨野で母が見知らぬ男と連れだっているのをみたことも、ふじのの茶会のいかがわしさと関係がありそうだと桂子は思ったが、それがどんな関係かは桂子の想像も及ばない。むしろ考えたくない気持が働いていた。

ふりかえると、いまはふじのではなくて母が立っていた。

「新しい着物ね」

「塩沢よ」といってから、母はうしろを向いて新しい帯もみせた。クリーム色の玉虫の地に揚羽蝶が浮きだしていた。

「少し派手ではないかしら」

「そんなことはありませんわ。京都へいらっしゃるのね」

「ええ。明日がお茶会の日で。お昼まえの新幹線に乗るわ。今度はお父さまはいらっしゃれるかどうかわからないけれど、都合がつけば、今夜遅く出張先からまっすぐ京都に来て下さることになっているの。また留守を頼むわね」

「どうぞごゆっくり」といった自分の声に毒が混っていたようで、桂子はいやだった。しかもそれがふじのに対する毒なのか、母に対する毒なのか、はっきりしないのが気になった。

「明日はそんなに遅くはならないわ。六時ごろまでには帰ります。今晩はみんなで黄鶴楼でお食事をなさい。予約しておいたから」

十二時から本館まえで学費問題に関する大学当局の説明会が開かれることになっていた。桂子は家で遅い朝食をして、十一時ごろから図書館にはいっていたが、あたりが騒々しくなったので本館まえに出ていった。

四月の下旬にしては暑すぎる日だった。桜と欅の若葉に囲まれた白い敷石の構内は夏の日ざかりのようで、大きな熱気の塊がゆらめいていた。学生は千人ほど集っていたが、臨時に設けられた壇のまえにはヘルメットの一団が坐りこんでいる。壇のうしろには体育会系の、制服姿の学生が立ち並んでいた。壇上に学長や各学部長、常任理事の何人かが並んで席につくと、司会役の堀田学生部長がマイクをとってこの説明会の趣旨を述べたが、そのなかで堀田が、一部学生による本館の封鎖は不法行為である、いかなる理由があろうともこのような手段に訴えることは不当であって、暴力によっては何事も解決しない、話合いを要求するまえに、即時封鎖を解くべきである、と発言したことから早くも壇のまわりは混乱に陥った。ヘルメットの「全共闘」の学生が壇上にあがって堀田の手からマイクを奪おうとし、これが職員や体育会系の学生に阻止されると、「全共闘」は自分たちで用意した携帯マイクとスピーカーを使って演説を始めた。

ひどい騒音のなかで、新入生の授業料値上げと在学生からの寄附金募集に関する学長の説明が断続して行われ、質問と称して「全共闘」の演説が割ってはいり、怒号や小競合いがつづくうちに説明会は打切りとなった。老齢で高血圧の学長は、つきそっていた白衣の医師と看護婦に抱きかかえられて退場し、学部長たちも、制服の学生たちが確保した退路から退出した。壇上には堀田学生部長が残り、ヘルメットの学生たちとやりあっていたが、やがてヘルメット部隊はスクラムを組んで三列の縦隊をつくり、「学費値上げ粉砕」などと叫んだあと、リーダーの吹く笛に合わせて、「闘争勝利」とくりかえしながら蛇行デモを始めた。まわりでそれをみている一般の学生たちは野次を飛ばしたり、デモ隊が近づいてくると足をあげて蹴る真似をしたりした。デモ隊のうしろには女子学生も十人あまり加わっていて、そのなかに、麻紀子の姿もみえた。

桂子は暑さと喧噪で不愉快だった。しかし見物人の余裕のようなものも残っていて、これで御輿があればお祭だわ、と思ったりした。もっともこれは筋書きのはっきりしない祭だった。すべてが拙劣で、一定の形をなさず、混乱のうちに崩れて、あとには興奮した群衆だけが残るような祭であった。桂子はこういうものが何よりもきらいで、たとえば町中が踊り狂っているなかへ自分も裸足で飛びこむというようなことは、桂子にはもっともできそうにないことのひとつだった。特別の見物席から眺めるのでなければ、祭も競技会も劇もたのしくない。人生も桂子にとってはそんなふうにして静かな見物席から観察すべきもののようであった。

学生たちがあらかた散ってしまったあとには、「全共闘」らしい数名の学生と議論している堀田学生部長と、その学生にさらに議論をしかけている十人ほどの学生とが残っていた。桂子はそのなかのひとりに見覚えがあった。一年のときヨット部で一緒だった前田で、その後アメリカに一年間留学したり、体育会の会長になったりして、学生のあいだでは「大前田」とか「英五郎」とか呼ばれている実力者だった。背が高くて腕もレスラーのように太かった。

桂子が近づいてきたのをみると、前田は相手をしていた「全共闘」の学生の胸ぐらをつかんで桂子のまえに突きだした。

「てめえらのやってることが正しいかどうか、このお嬢さんにちゃんと説明してみろよ」

「暴力はよせ」とうわずった声で「全共闘」の学生がいった。

「それがおまえたちにいえるせりふかよ。一体、これは何だよ」

そういうと前田はヘルメットを奪い、足で踏みつぶした。桂子はヘルメットが卵の殻のように脆く踏み破られてしまうのに驚いた。

「もうよしなさい」と堀田が割ってはいった。前田は今度は堀田に文句をいいはじめた。大学当局のこの問題に対する態度が自信に欠け、首尾一貫せず、軟弱であるというのだったが、自分たちは大学側が不法行為に対して毅然たる態度をとるかぎり協力は惜まない、と結ぶところは、いかにも「大前田」気取りでおかしかった。

「さあ、行こうぜ」と前田がいったが、仲間の学生は前田と桂子をみくらべてにやにやしながら動こうとしないで、前田は桂子に片眼をつぶってみせて、

「お嬢さん、よかったらお茶でもおごって下さい」

桂子は笑ってうなずいた。

「でも、わたしのことをなぜお嬢さんなどとからかうの?」

「あんたはどうみても学生さんという感じじゃないからね。いつもはきだめに白い鶴一羽といったふぜいにみえるんだよ。でもいいんだよ、あんたが全共闘の女の子みたいにジーパンはいたって似合いっこないんだから」

「家ではときどき妹のを無断で借りてはくこともあるのよ」

「一度みたいもんだ」

「みに来て下さい」

「とにかく、そんな上等のワンピースを着て、黒のバッグに黒の靴と来ると、どこかの王女様が御視察にいらしたようでね」

「普断着です、これ」

桂子は学校へ来るときには盛装をするわけではなかったが、ほかの女子学生とちがってあまりくだけた服装をしたくないのだった。教授と会ったりする日はなおさらで、桂子は教授のまえでは学生であることよりも若い娘であることのほうを意識した。その態度が前田のような男の学生に対しても出るのだろうか、桂子とは口がききにくいという学生が多かった。前田には、そんな桂子のまえではことさらにやくざっぽい口調でふざける癖が以前からあった。桂子は同じヨット部にいた女子学生のひとりに、前田さんは桂子さんが好きらしいから、といわれたのも思いあたるふしがないでもなかった。

しかし前田のほうは桂子と耕一の仲を知っていて、《マロニエ》に行って向いあうなり、改まって、

「宮沢さんはお元気ですか」とたずねた。

「宮沢さん……御存じなんですか」

「ああ、知ってますとも。おれが体育会の会長をやった年に、宮沢さんが文化会の会長だった

からね。粋な噂のほうも勿論知ってますよ」

桂子はそのからかいを無視した。桂子のよくとる態度で、それも桂子を気位の高い娘にみせている原因のひとつであることは自分でも知っていた。冗談を冗談で受けたり馬鹿笑いをしたり嬌声をあげたりするということができないたちなのだった。桂子は外の庭に顔を向けたままストローをくわえていた。

「おしあわせ?」と前田はふざけていったが、桂子はかなしみの海から急に浮びあがった魚のような気持で、深い色の眼を向けた。

「そんな眼でじっとみられると、調子狂っちゃうなあ。あんたのまえではいつも喜劇的になるほかないというのがおれの宿命なんだなあ」

桂子は唇だけで笑った。まばたきしないで前田をみている眼は、自分では熱っぽくて邪念に濁っているように思われた。前田のたくましい肩から生えた強そうな首に酔っているのだった。短く刈られた頭は小さめで、潮風と太陽に長いあいださらされたあとで鞣(なめ)されたような、丈夫な皮が頭蓋の骨を包んでいる。あの首を切りとって机のうえに飾ったら、というよからぬ考えが桂子の頭にひろがった。まえにも耕一の少年らしい首にそんな欲望をおぼえたことがあった。耕一のでも前田のでも、若い男の首を所有したいのだった。人目がなかったら、前田の肩にすがり、強い首の円柱を愛撫したかもしれない。妄想のなかではすでにそうしている自分に、桂子は嫌悪の汗がにじむ思いだった。

「まじめな話になるけど」といって前田は学内紛争のことを話しはじめた。首のことで狂おしく騒いでいた心を立てなおすためにも、桂子は熱心にきこうとした。

前田は、大学当局、とくに理事会が、学費値上げと学生会館建設資金の一部として寄附金募集が必要なことを事前に学生に説明しないで、抜打ち的にそれらを実施したのはいかにも姑息だと批判的であった。しかしこれを口実にした左翼学生のために大学の秩序が破壊されるのは防がなければならないという立場らしかった。前田のいうところによれば、いかなるセクトにも属さない、優秀な個人が集って、少数の劣等学生集団の「革命ごっこ」を封じるために、すでに前田が中心になって動きはじめているとのことであった。桂子にも協力してもらいたいと前田はいった。

しかし桂子のほうは、左翼学生には抜きがたい嫌悪と軽蔑しか抱いていないにしても、それと対抗する側について何かをするということはできそうにもなかった。それは大人が子どもの遊びに誘われてとまどうのに似ていた。

いつのまにか桂子は子どもの王国から遠ざかっていたのだった。耕一と二人で子どもの遊びの輪から抜けだしたのだろう。二人だけの闇のなかは、大人のとも子どものともちがった世界で、いわば悪い夢の世界なのだった。しかし振りかえってみると、自分は夜のなかにいるのに、まだあかあかと夕焼の空が残り、柿の実が輝いていたりする村の風景がみえるようである。大学もその風景のなかにあった。それは小さな子どもたちがはねまわっている幼稚園のようにみえた。砂場でトンネルや城をつくったり輪になって踊ったりしている子どもの姿も、立看板もヘルメット学生のデモも、さかさまにみた望遠鏡のなかの遠くて小さい光景だった。

「わかるよ、その感じは」と前田がいった。「あんたは早く大人になりすぎたんだ。おれたちには、全共闘相手の戦争ごっことか政治ごっことかが結構おもしろいんだけどね」

桂子には泥んこになって遊びに打ちこめる少年の情熱がうらやましくもあった。

「ごめんなさい。お役に立てそうもなくて」

「いいさ。あんたはこれからも騒ぎが起ったときに、少しばかり心配そうな顔をして、そこいらに立っていてくれればいいんだ。白い鶴みたいにね。おれはそれをみるだけでファイトが出るよ」

桂子はうなずいた。前田はそんないいかたで愛の告白をしているのかもしれなかったが、桂子はやさしい気持になって、

「前田さんを遠くからみているわ。でも、あんな連中を相手に、危いことはしないで下さい。ゲバ棒で叩かれたりしたら……」

桂子は声が詰った。前田は困って、腕組みをして天井をあおいだり耳の横を掻いたりした。

前田さんが好きだわ、と大胆不敵なことが桂子には平気でいえそうだった。そんな自信のようなものが、耕一に対してはなかったのに前田に対してはあるのがかなしかった。前田の場合は相手の心が自分に傾いていることがわかりすぎるからだろうか。それなら耕一の心は、と考えてみればそれが桂子にひかれていないはずはないのだった。

「とにかく、あんたは早く結婚したほうがいいよ。宮沢さんかだれか、相手をみつけて」

「相手なんて、いないの」

桂子は顔を伏せたままそういってから、ふとしたことばを重大な決心のきっかけにしようとしていることに気がついた。

顔をあげると、桂子は黄鶴楼での食事に前田を誘ってみた。

「妹二人、それにお手伝いのおばさんで、父も母もいないの。女ばかりで、老酒も飲めなくてさびしいわ」

前田はちょっと考えたが、自分だけがこれ以上桂子とたのしい時をすごすようになるのは気がひけるといって断った。

ビュッフェから遅れて帰ってきた文子は、少し上気して、眼が薔薇色のつやを帯びてうるんでいるようだった。

「大変よ、あなた」

「どうかしたの？　白昼痴漢にどこかを撫でられたような顔だ」

「意地悪をおっしゃっているときではないわ」と文子は肩で息をしながら裕司の隣に腰をおろした。

「だれか知っている人にでも会ったのかね」

「耕一さんらしかったわ。お勘定をしてもらっているとき、わたしのうしろを通って窓側の席に坐った若い男がそうらしいの。ちょっとみてきて下さい」

「耕一がこんな時刻に下りの新幹線に乗っているわけがないじゃないか。あれはいまごろ中之島の本社にいるよ。出張か何かで東京に帰ってきたのならうちに寄るはずだ」

「甘いわ。東京でこっそり桂子と会ってきたということだって充分ありうると思います。あの二人が四人の親を敵にまわして何かを企んでいるかもしれないのに。子どもだからといってみくびってはいけないわ」

「そんなにこわいのかね。何がこわいんだ？」

「わかってるじゃありませんか」といって文子は淡い煙の色のサングラスをかけた。眼の色を隠すためだった。年の割には大胆な白黒のチェックのワンピースにサングラスをかけると、文子はアメリカ帰りの二世の女のようにみえた。人よりも暑がりで、この陽気に袷はつらいので、桂子にみせた紬は茶会のときだけに着ようと思ったのだった。

洋服を着ると、腰や下腹のまわりの豊かさにくらべて脚のほっそりしているのが、その年齢の白人の女の体つきに似ている。文子は自分では、背中に肉が盛りあがっているような感じになるのがいやで洋服はなるべく着ないことにしていた。桂子と同じくらいの年齢のときにはいまの桂子とよく似て骨の細いしなやかな体つきだったが、子どもを生んでから肉づきが厚くなったようだった。

しかし柔かな肉のなかに細めの骨が残っているように、耕一らしい青年をみて騒いだ心も、純潔な少年に恋をする少女の心だった。勿論その心にいまは贅肉にあたるものがついて脂粉の匂いがすることは文子にもよくわかっていた。中年の女の肉が細身の剣に似た青年を抱きしめている光景を思い浮べると、その滑稽な醜悪さに文子は顔が熱くなった。

「きみは耕一の顔を知っているはずだろう?」

「写真でみただけですわ。あなたによく似ていたと思ったわ」

「ぼくにはあまり似てないな。その、さっきみた男は?」

「やっぱりあなたに似ていたような気がしますよ。若いころの裕司さんに」

「じゃ、人違いさ」

文子は眼を閉じてさっきの青年のうしろ姿を闇のなかに再現しながら、

「耕一さんは髪を長くしているかしら」

「さあ、どうだかね。普通だろう」

「首筋がきれいで、生えぎわがかわいかったわ。バリカンで野暮に刈りあげたのとはちがう、イギリス人の男に似た生えぎわでした。髪は柔かいほうかしら」

「知らないね。ぼくは硬いほうだが」

裕司の髪は四十代にしては白髪が多かった。その髪を分けずにかきあげて、大学教授や文化人とよばれる人間によくみられる頭をしている。男の精気が強すぎて頭が禿げていく型とは正反対の、精神ばかりを使って生きているうちに肉体が衰退してしまったような型の男の顔だった。その顔がまえを向いたまま、

「もう春も行ってしまう感じだね」といった。

文子は黙っていた。

「三月に京都へ行ったときには関ヶ原や伊吹山に雪が残っていた。昔からその景色が好きだった。二十年ほどまえにきみを連れて京都へ逃げたときも関ヶ原の雑木のあいだに雪が残っているころで、あれは暗い水墨画のような景色だった」

「よくおぼえてらっしゃるのね」と文子は眼を閉じたままいった。裕司が甘い気持にひたりはじめているのが感じられると、文子のほうは逆に苦汁(にがり)のようなものを垂らされて心が固まりそ

うだった。

牧田圭介と結婚して一週間もたたぬうちに、文子は昔の恋人の裕司と駈落した。圭介に連れもどされて許されたことで、その事件は文子と裕司の単なる若気からの愚行として文子に屈辱の跡を残すことになった。それ以来、圭介に対しては命を助けられて捕虜になったトロイアの王女のような立場に立たされているような気がする。

圭介は普通の人間なら打ちのめされてうろたえるときにひどく沈着になれる人間のようである。文子の駈落事件のときも、新婚早々妻に逃げられた当事者の圭介がだれよりも冷静かつ機敏に必要な手を打って、間然するところがなかった。京都から連れもどされたあと、文子は一週間ほど箱根に行って寝たり起きたりして過した。圭介も一緒に泊って、必要以外はほとんど口をきかず、文子を看護するでもなく、軟禁して見張っているふうでもなく、多少沈んだ顔で山や樹をみながら煙草をふかしていた。何日かたって文子のほうから抱かれに行った。圭介は黙って文子を抱いた。文子が長いあいだ泣いて涙が涸れると、圭介は、「憑きものが落ちたらうちへ帰ろう」といった。

そのころから圭介の頭は年にしてはずいぶん禿げあがっていた。それが圭介を好人物に見せていて、実際他人に腹を立てたりすることのない人間だったが、文子にはこの夫を畏怖しなければならない理由があるように思われて、そんな眼でみるとたしかに圭介には文子の理解の及ばないところがあった。桂子が生まれることになったときも、圭介は桂子が自分の子でないかもしれないという問題について充分考えてあったようで、文子は、そのこともふくめて自分は許されていたのだと思った。しかしあのときに怒り狂わなかった圭介に許すということができるだろうか。それを考えはじめると、文子は夫の正体がますますわからなくなって不気味であった。

それから十年たって、文子に裕司との関係を復活してはどうかと提案したのは圭介のほうである。そのかわり、といって圭介がもちだした奇怪な条件に文子はふるえあがったが、十年もかかってゆっくりと歯車を廻しながら、自分の計画に文子を利用する機会を待っていたのかと思うと、文子はそのほうが一層恐しかった。

「そういうわけではないんだが」と圭介はほとんど商談と変らぬ口調でいった。「いままでおまえにはいわなかったし、またいう必要もなかったが、私には少々マゾヒストの気があるんだな。つまりときどきはおまえの奴隷になってみたいわけだ。ところが結婚早々例の事件があったせいか、おまえのほうが奴隷の気持でいるようで、どうもおまえとではうまくない。じつをいえばあのとき私が怒り狂わなかったのも、おまえに裏切られたことが嬉しくもあったからだがね。ともかく、それでさっきの件の交換条件として、私が奴隷になるときの女主人の役を宮沢君の奥さんにやってもらいたいのだ。ただしこの話は関係者四人の完全な同意が得られなかった場合は、なかったことにする」

「肝腎の三津子さんが賛成して下さるでしょうか」

「自信はあるよ。宮沢君にはおまえから話してみてくれ」

「いまさらあのひととは会いたくもありませんわ」

「そんなわがままをいっては困る」

そのいいかたに文子は圧された。

裕司は鞄から何やら外国の雑誌を出して読んでいた。白髪の目立つ長い髪を額に垂らして活字に夢中になっている顔は、二十年まえの文学青年がそのまま年をとって中年の大学教授になった顔であった。

文子はサングラスをかけなおしてまた眼をつぶった。

「やっぱりあれは耕一さんだったわ。また桂子も一緒なのかもしれない」

「よせよ」と裕司がややむきになった口調でいった。「そうやってわざとおびえてみせるのか。三月のときにも使った手だ」

「あのときは事実だったではありませんか。きょうだって、事実かどうか、あなたがちょっとビュッフェをのぞいてごらんになればたしかめられましたわ」

「いまからでも、車掌にいって車内放送で呼出してもらうかね」

文子は黙っていた。しばらくして裕司が、「怒ったのかい」ときいた。

文子は眼を閉じたまま首を振った。それから裕司の耳のほうに顔を向けて、

「今夜は普通のようにして」といった。


「お二人を出迎えますかね」

「勿論よ。お出迎えしましょう」と三津子がいった。

緋毛氈のうえで、若葉のあいだを通ってくる風に吹かれながら芋ぼうを食べていると、圭介は寝不足で重たい頭が洗われるようだった。ゆうべからほとんど眠っていない三津子も上機嫌で、いつも機嫌のいいのがそれ以上ほがらかなのは、軽い躁の状態かもしれなかった。やはり疲れている証拠かとも思われた。

ゆうべ奥道後に泊って、これまでにないことだったが、語り明かして朝を迎えてしまったのだった。夜明け近く、圭介は遠い雨だれの音のように三津子の声をききながら浅い眠りにおちたが、三津子は七時まえにはもう起きて化粧をすませていた。その寝不足とはみえない冴えた顔が、松山から一番の飛行機で大阪まで飛んで京都に着いてからも崩れていなかった。

「薄暑ということばがありますけど、こんな暑さでしょうか。汗が出そうで出ないほどの軽い暑さで、髪を梳かすのに風がほしくて縁側に出たりしますわ」

「わたしにはこれ以上暑くなると酷暑だ」

「また少しおふとりになったようだわ」と三津子はさわやかな声でいって、おかしそうに首をすくめた。

「あまりふとって海豚(いるか)みたいな体になってはおしまいだね」

「いいですわ、病気のせいでなければ」

「醜悪で滑稽だ」

「わたしはかまわないわ。宮沢のように痩せて背が高ければいいというものでもありませんわ。あんなふうに精神のあばら骨が露出している人間のほうが滑稽ではないかしら」

「きびしいことをいうね。わたしの趣味からすれば、そういうことばの鞭で叩きのめされる豚になりたいところだ」

三津子はすばやく手をのばして圭介の口をふさいだ。田舎娘の媚びを思わせるような妙にあらあらしい体の動きだった。そして赤くなって、

「そんなことはもうおっしゃらない約束ですわ」とささやいた。

「そうだったな。もうしないさ。いうだけならいいだろう」

「ことばでふざけているうちにその気になったって、もうお相手はいたしませんから」

圭介は勘定を頼むと、

「このあいだ桂子が葛きりを食べて気に入っていたようだ。薄暑にあの食べごこちはよく合いそうじゃないか」

二人は花見小路まで歩いて鍵善にあがった。

それから京都駅に向う車のなかで、三津子がまじめな声で、

「桂子さんと耕一のことも、きょうは四人で結論を出さなくてはいけませんわね。あちらさんは結論が出たのかしら」

「迷う余地はないようだがね」

そういって圭介はポケットから手帳をとり出して三津子に示した。六人の血液型が書いてあった。

五月闇

端午の節句に近所の銭湯で菖蒲湯があるという貼紙をみてきて、桂子は妹たちを誘った。

「なあに、それ？」

「だめねえ、近ごろの若い者は。きょうは端午の節句でしょう。菖蒲の葉と根を入れたお湯にはいるのよ。昔、シナでは蘭湯というのがあったそうだけど、ほんとうは蘭のほうが香りがよくてすてきかもしれないわ」

「懐古趣味ねえ」と妹たちは笑ったが二人ともしぶりながら桂子について銭湯に出かけた。

昼間の銭湯には赤ん坊を連れた母親や小さい子どもが多かった。かなり大きな男の子も女湯に来ているのに桂子は驚いた。

その子どもたちが投げちらしたのか、菖蒲の葉はタイルの洗い場にもちらばっていた。

「気持がわるいわ、あんなのが体にさわると」

妹にそういわれると、桂子も想像したのとは大分ちがった菖蒲湯の光景に失望して、

「残念ながらあまり風流なものではないようね」といった。

湯にひたされた硬い大きい葉が肩にさわると、沼のようなところで水浴をしているような気味悪さもあった。蘭湯を以て沐浴すというのは女の身にふさわしいかもしれないが、菖蒲の葉を浮べて邪気を払うというのはやはり男の子にふさわしいことのようである。

隣の男湯では、男の子たちが菖蒲の葉を刀にして打ち合っているらしくて、にぎやかだった。

今年も桂子の家の近所では鯉幟がほとんどみられない。塀の高い大樹の多い家は、元気な男の子のいない、女と老人ばかりの家のようにひっそりしている。風呂屋の少し先に大きな緋鯉と真鯉の鯉幟が立っているのは、幼稚園のものだった。

湯上りの湿った髪をした桂子たちが洗面器をかかえて歩いていると、隣の木村夫人に出会った。驚いた顔をされたので、

「菖蒲湯にはいってきました」と桂子がいった。それから、「先日は失礼いたしました」と頭を下げた。木村夫人がもってきた話は、母がすでに断ったと思ったからだった。木村夫人はとぼけたのか、曖昧な受け答えをした。

「お母さま」

母は台所で茹でた蕗の皮をむいていた。

「これくらいにぶつ切りにして、豌豆と煮合せるとおいしいのよ。きょうはいい豌豆が手にはいったから」

「きのうの、なまり節と焼豆腐に蕗の煮合せ、あれもおいしかったわ」

「鯉幟が立つころはこういうのが御馳走ね」

「このあいだ木村さんの奥様がおいてらした写真はどうなさったの」

「まだおいてあるわ」

「さっきそこでお会いして、工合がわるかったわ。まだお断りしてなかったのね」

「あまり急いでお断りのお返事をするのも気がひけて」

「逆ではないかしら」と桂子は少し声を尖らせた。

そのまま二階にあがると、机のうえに耕一からの手紙があった。


端午の節句の晴れ間をのぞくと、五月にはいってからは雨がちであった。家族五人で塩原へ出かけたときも雨に降りこめられた。長い階段を降りて川べりの湯につかっていると、増水した谷川があふれてきそうで不安だった。しかし濡れた若葉の色は眼を洗うようで、東京に帰ってもしばらくは眼が新緑の色に染っている感じが残っていた。

たまに晴れあがった日があれば狂ったような真夏の暑さで、そんな日をいくつか数えるうちに早い梅雨が来そうだった。静岡の親戚から送ってきた新茶も、さわやかな五月の風に吹かれて飲むことが例年より少かった。

桂子が堀田の研究室へ新茶をもっていったのも、上りそうにない雨の午後だった。

「こんなお天気のせいですか、今年の新茶は例年ほどはおいしくないような気がしますわ」

「いや、これは格段にうまい新茶ですよ。殺伐な生活がつづいているためでしょうね、こういうお茶を飲むと頭のなかを緑色の風が吹きぬけるようだ」

「わたしはなんだか、気持が晴れなくて困りますわ。これで梅雨が来て昼間も暗い日がつづくようになったらどうしますかしら」

「宮沢君とのことがうまく行かないんですか」

桂子はうなずいたが、結婚できないことがうまく行かないということなのか、自分でもよくはわかっていないようだった。

耕一からの手紙によれば、耕一は桂子の父に桂子との結婚を許してもらいたいという手紙を出したが、いまのところ承諾しかねるという返事をもらったとのことである。その返事は桂子の父の名になっていたが、母の代筆だったという。母の一存で書いた返事ではないかと桂子は思った。もっとも、この問題では母が敵で父が味方だとも思っていない。

桂子は耕一に手紙を書こうとしたが、書くべきことも決らないうちに五月も下旬にはいっていた。むしろ書くことがないといったほうがよかった。桂子は卒論の勉強に使っているタイプライターを叩いて、たわむれに英文で耕一への返事を書いてみたりした。

ワタシタチノ結婚ニ反対ダトイウ、ワタシノ両親ノ意向ハマコトニ残念デス。シカシワタシノ気持ハ変リマセン。アナタヲ愛シテイマス。両親ニ対スル説得ヲツヅケルツモリデス。アナタノ御両親ノ御意向ハイカガデショウカ? モシ彼ラモ反対ナラ……

「両方の親たちが反対なら、この結婚は不可能なんですわ」と桂子はいつもと変らない声で堀田にいった。かなしみに沈んだ声でも、やけになっている声でもなかった。
「えらくあっさりしていますね」
「そうでしょうか。そうかもしれませんわ」と桂子は自分で納得したような笑いかたをして、「わたしは風に逆らわないで、風を利用して進むヨットに似ていますのね。一年のときにヨットに乗ってみてそう思いました。強力なエンジンで道のないところをよじのぼっていく自動車みたいな生きかたはできないたちらしいですわ。昔から、struggle ということばが嫌いなんです。奮闘型の生きかたは、見苦しくじたばたしているようでいやですわ」

堀田は興味をおぼえたらしく、大学教授というより検察官を思わせるその顔を桂子に向けて黙っていた。

「結婚についても、それが耕一さんとわたしの二人だけでするものとは思っていませんので、重大な支障があるということになれば、それは要するに二人だけで頑張っても無理なことですわ。むしろ頑張れば頑張るほど無理を大きくするだけだと思います」

「御両親の意見を変えさせるようにもっていくことは考えてみないんですか。別に struggle というほどではなくて、例のジェーン・オースティンの小説の題にもなっている persuasion ということをやってみるわけですよ」

「あの小説のアン・エリオットは好きですけれど、わたしはアンではないようですわ。他人に説き伏せられるのがいやなので、他人を説き伏せる執念もないのでしょうね」

桂子はそのいいかたが堀田の忠告か説得のこころみかを婉曲に拒絶していることになるのに気づいて後悔した。

「つまりあなたは案外強情なんだな」

「いいえ」と桂子は首を振って強い眼の色で堀田をみつめた。「無理に説き伏せられるというのではなくて、心を許しているひとのいうことなら、考えもしないでそれに従うのがうれしいんですわ。わたしが猫でしたら、先生のお膝に抱かれて何をされても体を柔かくしています」

堀田は建水に茶の葉を捨てながら、むずかしい顔をしていた。

桂子のいいかたが甘えているようで気に障ったのだろうか。あるいは安心して甘えられる男のように思われたのが気に障ったのだろうか、と桂子のほうで気を廻して考えたが、桂子が猫になっておとなしく抱かれたいといったのは、堀田には何をされてもかまわないということを伝えたかったのだった。いま、いきなり抱きしめられ唇を重ねられれば体を柔かくしてされるままになっているだろうと思った。耕一にはじめて口づけをされたときもそうだった。

桂子は堀田を核にして結晶しはじめている妄想のいやらしさに気づくと顔が熱くなった。

「しかしお父さんやお母さんの反対なさる理由は何ですか」

「わたしたちがまだ若すぎるとか、わたしが長女で耕一さんが長男だからとか、話が突然でとか、あまりはっきりしない理由がいろいろ並べてあったそうですわ」

「そういう話は適当な仲人を立てて進めるべきでしたね。私がその役をつとめてもいいですよ」

桂子は礼をいってから、

「でも先生に御迷惑をおかけしたくありませんわ。耕一さんともそのことで話合ったことがありましたけれど、何か理由があって反対らしい両方の家を相手にして、先生が struggle なさることになってはいけませんわ。それで先生にはお願いしなかったのです」

堀田は急須を掌でおさえたまま考えこんだ。

「何か隠れた理由がありそうなんですか」

「それはわかりませんけれど」と桂子も考えこむ眼つきをしながらいった。「はっきりしない理由を並べてまでも反対するというのは、ともかく反対の意志だけははっきりしているということではないでしょうか。もちだされた理由のほうは、薄弱だとしても、この固い意志を相手に闘うのは大変なことだと思いますわ」

「何か特別の事情がありそうですね」

「わたしもそれは感じます。困ったことに、それを探りだしてみたいという好奇心だけはなかなか旺盛なんです」

それから、二、三日後、桂子がもう一度堀田の部屋に行こうとして朝早く学校に来てみると、正門が閉められて、その脇の通用門だけがあいていた。門の附近に前田たちがたむろしていた。前田は桂子をみつけると、

「きょうは二千人の外人部隊が侵寇してくるそうだ」といった。「おもしろいことになるよ」

学長の掲示によれば、封鎖中の本館で他大学の「全共闘」約二千人が参加する集会が、無届でひらかれることになっているが大学はこれを許可しない、学外者の立入りを一切禁止する、

というのだった。

「前田さんたちはどうするの」

「この門の内と外をかためて、外人部隊を構内に入れずに押しかえす」

「二千人も来るのに……」

「それは連中の宣伝さ。実際は五百人も来れば上出来だ。神風だか機動隊だかの力を借りなくても、元の大軍は撃退できる。いざとなるとうちの学生は愛国者だよ」

まもなく正門では教職員が検問を始めた。正午近くになると、門の内外には一般の学生が千人以上集った。前田たちは、ヘルメットをかぶってその「砦」から出てきた「全共闘」をみつけると、とり囲んではげしい議論をしかけていた。

やがて、赤や黒や青の旗を押し立てた「外人部隊」が数十人ずつ隊伍を組んで正門まえに到着した。一時ごろには三、四百名が坐りこんでリーダーの演説に拍手を送っていた。その間、前田たちは門の外に出ていって「外人部隊」のリーダーと話をつけようとしていたが、門の内側の「全共闘」が「外人部隊」を構内に導入しようとして正門に突撃したのをきっかけに、「戦闘」が開始された。といってもこれはもっぱら押寄せる波と防波堤の闘いであった。「外人部隊」も「ゲバ棒」は用意していなかったので、何度かスクラムを組んで正門を突破しようとしては、その都度桂子の大学の一般学生の壁に押しもどされた。一時は人の波の圧力で鉄格子の門がねじ曲げられて破れそうになったが、学生たちは内と外から門をはさむようにして防いだ。

「外人部隊」のほうはついに正門の突破を諦め、坐りこんで集会を始めた。すると今度は学内の「全共闘」が焦って内側から突撃をくりかえした。これも一般学生が押しかえした。そのたびに前田たちがヘルメットを剝ぎとって空高くほうり投げたり踏みつぶしたりして歓声をあげるのは、運動会の光景でもみているようだった。前田はときどき門にまたがって「暴力だけはよせ」などと叫んでは、門の内と外で指揮をとっていた。

夕方までこの攻防戦がつづいたが、「外人部隊」はデモをしながら大通に出て引上げ、学内の「全共闘」は意気沮喪してバリケードの「砦」のなかに逃げこんだ。

桂子は、擦傷だらけでシャツを破られたりした前田たちと一緒に学生食堂に行って、コーラや牛乳で祝杯をあげた。そのうちにまたあたりが騒しくなったので出ていってみると、体育会系の学生たちがバリケードをこわして本館の封鎖を解除しはじめていた。約三十名の「全共闘」はほとんど抵抗せずに「降伏」した。暗くなりかけた構内に数百人の学生が群がって通路をつくっているなかへ、背を丸くしてうなだれた「投降兵」がひとりずつ出てきた。一般学生たちは侮蔑の拍手と口笛でそれを迎えた。だれかが「全共闘」の使っていたサーチライトで屋上から「投降兵」の顔を照すと、それを撮影する学生もいた。

堀田学生部長は興奮した学生が「全共闘」にリンチを加えたりしないように、通路の出口に立って気を配っていたが、稽古着をつけた空手部や柔道部の学生が蹴る真似をして威嚇するくらいで、「全共闘」は無事正門から退散した。

学生たちは「全共闘」の立看板を燃した。その火のまわりに、「外人部隊」撃退と封鎖解除に成功した興奮がまださめない学生が大勢残っていた。桂子も前田たちと一緒に大きな公孫樹の根元に腰をおろして冗談をいいあっていた。こんなふうにお祭か運動会のようなものに加って夢中になったのは珍しいことだと自分でも思った。しかも味方が勝ったことで桂子はいつになくはしゃいでいた。

八時過ぎに数人の教授たちと一緒に堀田が通りかかって、「君たちももう火を消して帰りなさい」といった。

桂子は一日中歩きまわって疲れていたが、そのまま帰る気がしなくて、前田たちと車に分乗して駅前のビアホールへ行った。

二日後にようやく「全共闘」の立看板が出た。「外人部隊」導入の失敗と「砦」の陥落については、型通り「右翼・ファシスト学生の兇暴な暴力」を非難し、彼らが「血に飢えた野獣の如く襲いかかって」多数の「闘う学友」を傷つけたと訴えていた。そのほかに、仲間割れが起ったのか、闘うことなく封鎖を解除して無条件降伏した一派を罵っている立看板もあり、日ごろ「全共闘シンパ」と目されていた教師の名をあげて当日の言動を克明に描写し、口汚く皮肉った貼紙も出た。

「あの日は、頼りにしていた造反教師が物の役に立たなかったので、全共闘も愛想をつかしたのでしょう」と、温厚な山田助教授がゼミの時間に珍しく皮肉をいった。「あのなかの何人かは、当日は門をあけて集会をやらせるようにすると、全共闘に約束していたようですね」

その翌日、七人の若い講師と助教授が連名で立看板を出した。「大学当局が暴力的な右翼学生を使って正当な言論集会の自由を圧殺したことに教育者として抗議する」という主旨のもので、学費問題についても、理事は総辞職し、大学当局は「全学生との大衆的な討論集会」において自己批判したうえ、値上げ案を白紙撤回すべきだとも書いてあった。

前田はこれをみると、ふざけて、

「お粗末な先生方ですこと。全共闘に愛想をつかされたので、必死でこんなゼスチュアをみせたわけだ。おれたちもおもしろいタテカンを出そうぜ」

前田たちは翌日「造反教師に告ぐ」という立看板を出した。己れの愚行を恥じて坊主になれという内容のもので、だれかが上手な似顔絵を描き、七人の頭を丸坊主にしてあった。

桂子が宮沢三津子に会う決心をしたのは、六月にはいって、三津子がその担当しているラジオ番組で大学問題について話したのをきいてからであった。

三津子は「全共闘」の学生が何か根元的な問題提起をしているという神話は迷妄ではないかといい、学生や「進歩的文化人」の、単に小児的であるにすぎない精神構造が大目にみられすぎている風潮は困ったものだといっていた。それからプラトンの『ポリテイア』やアリストテレスの『政治学』にふれながら、大人が子どもを甘やかすことから民主主義が無法、無秩序の状態に陥る危険を指摘し、大学改革問題については、大学教授に事を処理する能力はないのだから、国家が、政治の重要な一部である教育の問題に適切な対策を講ずるのは当然であるといい、大学管理に関する立法に賛成の立場を表明していた。

いつものさわやかな声に、憤りから来る強さが加っているようだった。三津子は、大学教授に対して手きびしいことをいうまえに、じつは自分の主人も大学教授のひとりなので余計に点が辛くなるかもしれないが、と断った。そのいいかたが桂子の耳に残った。耕一の父に対しては、反感のほうに気持が固ったようであった。

三津子の家に電話をかけるときも、もし耕一の父が出れば、ダイヤルを間違えたことにして電話を切るつもりだった。父のほうとは何を話してよいかわからなかった。

昼間電話をすると、留守番電話という仕掛がしてあるのか、テープに吹きこまれた三津子の声がきこえてきた。桂子は自分の名前と、夜九時すぎにもう一度電話するということをいって、九時に駅まで出て公衆電話からかけてみた。

三津子が出て、

「ああ、桂子さん」とやさしい声がきこえると桂子はおかしいほど感動した。「お待ちしていたわ。七時に帰ったのでこちらからあなたのおうちへお電話したかったけれど、まずいことがあるといけないと思って」

「はい。わたしもいま公衆電話からかけています。じつはぜひお目にかかりたいのですけれど、会っていただけますでしょうか」

「お急ぎなの?」

「ええ、それはできれば早いほうが……」

「それなら、明日の晩七時にしましょうか。あなたの都合はいかが」

「結構ですわ」と桂子は速い乗物に酔ったような気分で答えた。

三津子の指定した場所は数寄屋橋から近い料亭だった。家に帰るみちで、明日は夏の紬を着ていこうと決めた。

途中の道が混んで車が進まなかったのと、その料亭を探すのに不手際があったのとで、桂子は十分ほど遅れて着いた。三津子は先に来て待っていた。桂子は遅れた詫びをいいながら一度に汗が出てくるようだった。急いだせいで胸がはずんでいるのに、ひどくかなしくて顔があげられなかった。

「暑かったでしょう。そんなに気にしないで深呼吸でもするといいわ。冷房を強めてもらいましょうか」

女中がさがると、三津子は桂子を眺めて、

「お会いしたかったわ」と微笑した。

「はい。わたくしも……」といいながら桂子は涙ぐんだ。耕一に会っているときにもなかったほど、心が動きやすくなってふるえていた。何か衝動的なことをしそうなけはいが自分でもわかった。声だけをきいて恋していたひとに、ようやく会えたのだと思うと、坐っても体がゆらめいているようだった。その桂子の心のたかぶりが感染したのか、三津子のほうも照れがちであった。

「いいお部屋でしょう」と三津子は天井をみあげていった。「ここも大阪のつる家から出たお店らしいけれど、ごらんなさい、あの北山杉の押縁(おしぶち)がすてきでしょう。料理も立派だけれど、この天井が気に入ってるの」

「よくいらっしゃるんですか」

「二、三度ね。はじめて来たのはあなたのお父さまの御招待だったのよ」

「父を御存じなんですか」

「驚いたでしょう」と三津子は独特の抑揚でいって笑ったが、子どもがいたずらをして得意になっているような眼つきだった。

「そんなに驚かなくてもいいの。お父さまが出版社の重役なら、仕事のことで顔見知りなのはむしろ当然でしょう。それより、早速いただきましょうよ。あなたもいかが」

「三杯までなら」といって桂子は盃を受けた。

小鉢のじゅんさいが、水晶の衣を着てみごとだった。

「おいしいですわ。深泥ヶ池のですかしら」

それから顔をあげて、急に思いだしたように、

「清滝のあたりでところてんが食べたくなりましたわ。あそこは三月に行きましたけれど、まだ冬のつづきのようで、水の音をきいて凍えながらひとりで泊りました」

「そのとき耕一に会ったのでしょう?」

「はい。耕一さんとは清滝の橋のうえで別れました」

「これで二杯目」と桂子の盃をみたしてから、三津子は急に病みあがりの人間のような力のない声になって、「結婚の話ですけれど、あなたと耕一との結婚は困るのよ。ごめんなさいね。理由はきかないでちょうだい。きかれてもいえないの」

桂子は覚悟していたことを早くいわれてかえって安心した。

「わたしは全共闘みたいに、なぜか、理由をいえ、などと追及しませんわ」

「ありがとう。桂子さんは子どもじゃありませんものね。子どもはすぐ、なあぜ、なあぜとしつこくいうわ。あなたと耕一とは結婚できない事情があるということだけで堪忍して」

その堪忍ということばは京都の女の口から出る抑揚とやさしさとをもっていた。京都の生まれなのだろうか。耕一は自分の母についてあまり語りたがらず、話題にするときも一種の著名人として他人のように扱うのがつねだった。

「わたしは嘘をつくのが苦手のほうなの。答えられない、答えたくないことをきかれると、答えないですますほかないわ。大変つらいことですよ。だからこれ以上きかないでね。ただ、これは理由にならない、わたしだけの勝手な想像だけれど、耕一のようなタイプの男は、あなたの夫にむかないのではないかしら。恋人のような曖昧な関係ならいいかもしれないけれど。耕一は女をお人形のように愛玩するのが好きな、わがままな男ですよ」

「わかりますわ」

「耕一は父親よりはましだけど、ずいぶん似たところはあるの。顔は母親に似ているようね」

そういわれて桂子は三津子の顔に向けた眼をこらすようにしたが、突然三津子は笑いの発作を起して、脇腹をかかえながら苦しんだ。

「大丈夫ですか」

「大丈夫、大丈夫よ」と三津子は腰を浮かした桂子を手ぶりで抑えた。「あなた、わたしの顔に耕一の顔を探しても無駄ですよ。だってあれはわたしの子ではないんですもの」

このほうが、桂子にとっては結婚に反対だといわれたときとはくらべものにならない衝撃だった。胸だけが熱く騒いでいるのに、体のまわりは太陽に終りが来たときの冷たさだった。三津子が好きで甘えたがっている気持も、耕一の母だという関係にささえられていたのだろうか。耕一と結婚できなくても、お母さまと呼びたいと思いつめていた気持が、不意に足場をはずされて冷たい闇のなかへ顚落したようだった。

三津子は桂子がその事実を知らなかったことに呆れながら、耕一は宮沢と先妻とのあいだの子で、自分は宮沢が離婚して二年後に宮沢と結婚したのだと話した。

桂子はいつもの甘さをすっかり失った声で、

「耕一さんのお母さままでないとおっしゃるなら、わたしはどうお呼びしたらいいのでしょうか。お母さまとお呼びしたかったのに」

桂子の様子の深刻さに三津子は少し困ったようだった。

「耕一さんとは結婚できませんし、もうお会いすることもないのかと思うと……」

「泣いてはいけないわ。涙には弱いのよ。どうしていいかわからなくなるわ」

「こんなとき、涙は出ませんわ。内臓を全部抜きとられたようで、立ちあがることもできませんわ。どうしてこんな気持になるのか……頭がおかしくなりかけているのでしょうか」

「桂子さん、耕一を生んだのはわたしではないけれど、わたしは耕一の母親ですよ。耕一とは十六しか年がちがっていないことをのぞけば、普通の母と息子よりはるかにすっきりした母と息子の関係ですよ。少くともわたしのほうでは、耕一に、生みの母は知らなくてもわたしのような継母をもったことがよかったと思ってもらえるように努めてきたつもりだわ。でも、そういうこととは関係なしに、わたしは桂子さんのような娘がほしかったし、いまからでもできるものなら自分の娘にしたいくらいだわ」

「できますわ。わたしが耕一さんと結婚しなくても、娘になれる方法はあります」

「さあ、この辺で危険な話題に深入りするのはよしましょう。折角の鮑の網焼きが冷えてしまうわよ」

「わたし、酔いがまわって下のほうから体が融けはじめたようですわ」

酔って三津子に抱いてもらいたいというよからぬ考えが胸のなかで鎌首をもたげ、舌を吐きはじめていた。

三津子と別れた夜も雨になったが、梅雨の夜は、街の燈の少い桂子の家のあたりではことさら暗かった。樹の多い桂子の家の庭には、くろぐろとした闇の塊があちこちにあって、そんなところにはだれかが来て忍んでいてもわからなかった。たとえば耕一が来て立っていてもよさそうであった。海からあがった魚のように濡れて冷たい耕一がほんとうに来ているのではないか。そう思いはじめると、桂子の想像のなかで冷たい魚の耕一を抱いて水っぽい口づけまでしていた。

昼間の桂子は耕一と結婚しないことを受けいれているのに、夜になると、その桂子からもうひとりの桂子が剝離してそこいらをふわふわ漂っているようで、気が狂いはじめている徴候ではないかと思うほどであった。そのもうひとりの桂子も、耕一と結婚したがって狂女のように桂子につきまとっているわけではなさそうだった。それはまえに、「耕一さんのお妾にしていただきたいわ」と口走ったほうの桂子のようである。こちらの桂子は自分が耕一と結婚できないことにも、耕一がほかの女と結婚することにも平気で、むしろそうなったときは結婚も家庭も一切を含めた世間というものの裏側でどんな悪いことでもしかねないのだった。

桂子はそんな自分が遠くへさまよい歩いて、別の世界へ通じる橋を渡ってしまうのを恐れていた。どこへ、何をしに行くのか、手を放さずについていく必要があると思っている。

突然、大阪へ行って耕一に会うことを思いたったのも、ひとりの桂子がもうひとりの桂子に引きずられてのことだった。しかし前田のことばも桂子の背中のぜんまいを強く巻いたようで、耕一との結婚を断念するつもりだと話したとき、前田は少し怒ったような声でいった。

「ひとりでそんなことを考えないで一度宮沢さんに会ってきたらいいじゃないか。そのうえで別れるならはっきり別れたらいいんだ」

桂子はぼんやりした声で、

「そうかもしれないわ。でも、わたしは無断で家をあけたことがないの。それはしたくないわ」

「新幹線で日帰りをすればいいさ。万一の場合のアリバイもおれたちで考えとくよ」

桂子はそんなことまでいわれて、自分がひどく愚かな娘になったような気がした。

土曜日の早朝、桂子は東京駅に出て《こだま》に乗った。

耕一の会社に電話をかけるとき、桂子は父の出版社の名前を使った。耕一は桂子の声だとわかっても、落ちついて、

「あいにくただいま手がはなせませんので、のちほどこちらからお電話をさしあげたいと思いますが」といった。

しかし桂子が大阪に来て会社の近くの喫茶店から電話をかけていることを知ると、さすがに声をのんだ様子だった。

三時にその同じ喫茶店で会うことにした。

桂子はいったん梅田まで出て、時間つぶしに、題名もよくたしかめずに洋画をやっている映

画館にはいった。

映画は好きなほうではなかったので、ひとりで映画館にはいるのは何年ぶりかも思いだせなかった。耕一と二人で最後にみたのは『男と女』という映画だった。題名が簡単なのでおぼえている。映画の中身は、サンバを歌いながら屈託なげに生きて死んだ男が印象的だったほかはほとんどおぼえていない。

前方の右端に坐ったので、画面は彎曲してみえた。接吻している男女の顔はたがいに相手の顔を喰いあっているようにみえる。しゃべっていることばはドイツ語に似たところがあったが、聞き慣れないもので、北欧の国のものらしかった。そのうちに男女の息遣いが荒くなって、画面いっぱいに裸の肉の動きがひろがった。しばらくみているうちに、そういう場面の連続を売物にしている北欧の映画であることがわかった。あまり若くない人妻らしい女と、頭が禿げて腹が出た男との、尋常でない行為も出てきた。女は裸で、革の乗馬靴だけをはき、獣のような姿勢をとった男の首筋を踏みにじったり鞭をふるったりした。女同士が裸で愛撫しあう光景も出てきた。

桂子は眼を閉じていた。荒い息遣いの合間にワグナー風の音楽が響きわたるのが妙に滑稽だった。場内が明るくならないうちに廊下に出た。鏡に顔を映してみると、眼がかすかな薔薇色を帯びてうるんでいるようなのが気になった。

待合せていた店に耕一があらわれたのは三時半を過ぎていた。桂子は、待たされたことよりも、耕一がこのまま姿をみせないことをなかば確信しながら、待ちわびもしないで虚脱したようにただ坐っている自分が情なかった。黒い絹のレインコートを着たまま店にはいってきた耕一には犯人を捕えに踏みこんできた刑事のような鋭さがあった。しかし桂子をみつけて腰をおろしたときには見慣れた耕一にもどっていた。愛されている男がその女のまえでみせる照れた気むずかしい顔のようだった。突然桂子は『男と女』の、死ななかったほうの男を思いだした。ジャン＝ルイ・トランティニヤンとかいう俳優がやっていたが、その俳優自身も、憂鬱そうなときの耕一とよく似ていた。

「何しに来たんだ」

妻の気紛れを咎める夫のような口調に桂子は自分たちの心の馴合いの深さを感じた。

「驚いた?」

「あたりまえだよ」

「何かあなたを驚かせるようなことがしたくなったの。これで目的を達したようだから、このまま東京へ帰ってもいいわ。かなしい小鳥がつぶてのようにあなたの胸にぶつかって死ぬ。そんな気持になったの。死んでもいい、ぶつかってあなたの胸を撃ち抜くことができたら……」

「また妖しい眼の色をしてるね」

「思いつめると、こんな物狂いの眼になるわ」

耕一は桂子をみつめながらやさしい眼をした。そのやさしさに融けそうになりながら、もうひとりの醒めた桂子は、これが曲者なのだと思った。それは妖しい桂子を愛(め)でている眼のようであった。耕一は桂子に対して飢えた獣の挑みかかるような眼をみせたことがなかった。

「雨が降っているけど、神戸へ行ってみよう」

桂子は耕一の会社の独身寮のある、宝塚の手前の駅まで一緒に行き、耕一が寮から車をもってくるのを待った。

「母に金を借りて買ったんだ。もっとも、返済分は自分で貯金しておいて、まとめて返しなさいということだけどね」

「いいお母さまね」と桂子は抑揚のない声でいった。「このあいだお目にかかったわ」

耕一は黙ったまま前方をみつめて運転していた。

「結婚には反対だとはっきりおっしゃったわ」

「そうらしいね。父も母も反対だ。きみのお父さんからも反対だという手紙をもらった。ロミオとジュリエットだね」

「このまま車で岸壁から海へ突っこんで心中しましょうか」

「それもいいね。とにかく埠頭のほうまで行ってみよう」

耕一は倉庫の脇に車を止めた。桂子が先に車から出た。それぞれ自分の傘をさして足もとの暗い水をみながら歩いていった。雨のなかに人かげも車もほとんど絶えて、廃港のように思えるときがあった。

耕一が近づいてくると、桂子は振りかえって、

「耕一さんはあのお母さまの子ではないのね」といった。

傘と傘とがぶつかった。耕一は桂子の横に来て海のほうを向いた。

「桂子さんには話しそびれたが、おたがいに家族のことを詳しくは話さなかったし、いずれわかることだから、そのときを待てばいいと思ったのだ」

「耕一さんはほんとのお母さまを知ってます？」

「父と離婚して、京都のほうで再婚したがいまは未亡人になって、何でも三条の骨董屋の女主人だそうだ」

桂子は傘で顔を隠すようにして思わずしゃがみこんだ。自分のまわりの世界に裂け目がひらいて、醜いものがのぞいたような気がした。ふじのと一緒に風呂にはいったときにみた、あのくろぐろとたけだけしいものがいまもみえた。

「詳しいことは知らない。別に会いたいとも思わないし、正直なところ、ほとんど関心がないんだ。まえに桐の小箱にはいった自分の臍の緒をみたことがある。小さいなりに醜悪で、なん

ともやりきれない気持になったが、生みの母と対面したときも、きっとそれと同じ気分を味わうだろうと思う。ミイラになった臍の緒みたいな真実をみたいとは思わないね」

「いまのお母さまが好きなのね」

桂子は立ちあがって微笑した。

「好きというより、女神のような気がしている。ぼくが小さくて母がとても大きくて立派にみえたときの関係がいまでもつづいているためだろうね。世間によくあるような、息子が大きくなるとひたすら小さく愚しくなってしまう型の母親でないことだけはたしかだ。その点、おやじのほうはだめだ。母にはこわさがあるけれど、おやじにはそれがない」

「わたしもあなたのお母さまが好きだわ。お母さまと呼べるようになりたかったわ。お姑さんとしてそう呼べないなら、わたしの母を追放して、父と結婚していただきたいくらい」

「突拍子もない考えかたをするんだね」

「だって、ただの女よりも女神のほうを母にしたいんですもの」

その女神の肩に酔ったふりをしてすがったときのことを思いだして、桂子は胸がふるえた。車を呼んでもらって待っているあいだのことで、桂子は立ちあがったときよろめいたのだった。いつまでも首につかまっている桂子を抱いて三津子は困ったように立っていたが、

「やっぱり桂子さんのほうが少し背が高いようね」といいながら桂子の背中を軽く叩いた。

そのときの三津子の首筋には少年のそれに似た清潔な硬さがあったことを桂子はおぼえている。

車にもどると、桂子と耕一は市役所まえの《キングズ・アームズ》に行って、ビールとローストビーフで食事をした。

「ホースラディッシュがよく合うね」といって耕一はローストビーフのおかわりをした。

「きょうの乾杯は何を祝してかしら」

桂子は珍しく生ビールをジョッキに半分以上飲んで眼のまわりに赤みがさしていた。

「これがお別れの乾杯になるかもしれませんわ」

「桂子さんのようなひとと別れるということは、最高の別れだ」

「aesthetic な意味で、ですか」

「それほどの余裕はないよ。最高の、というのは青酸カリの味のする反語なのだ」

「わたしたち、別れられます？」

「むずかしそうだね」と耕一は老人の分別を感じさせる声でいった。「憎しみとか、裏切りとか、死とか、何かぼくたちのシャム双生児のつながりを切断する刃物がなくてはね」

「血を流してのたうちまわるのはいやだわ」

「ぼくもいやだ。aesthetic な意味でも」

「お別れしても、十年くらいたったある日、きのうの話のつづきをするような調子でお電話をするかもしれないわ」

「ぼくもそういうことをやりそうだ」

「わたしたちはいつまでもシャム双生児でいるわけでしょうか。なんだかつまらないみたい。それでもわたしのほうはときどき気が狂いそうになって暴れるわ」

「それできょうは神戸まで来てローストビーフを食べているわけだ。新幹線の時間はまだいいの?」

耕一が当然のことのように桂子を東京に帰らせるつもりでいるのがわかると、桂子は神戸で泊る決心がついた。

「六甲山にのぼってみたいわ」

雨は霧のようになりながらも降りやまず、次第に目の下にひろがる夜の神戸の燈も、涙に曇った視界のうちにみるようだった。耕一も桂子の決心を察して同じように心を決めたのか、布引池から山田橋を通ってゆっくりと車を走らせた。山上のホテルのまえに車を止めると、耕一は、

「ここが満員なら有馬にしよう」といった。

桂子はツインのベッドのひとつに、手を胸のうえに組んで寝た。耕一のベッドとのあいだに

は、両方から手をのばしてもとどかない距離があった。それは二隻の船のようで、耕一の船は夜のうちに遠ざかって五月闇のなかに消えてしまいそうに思われた。しかし桂子には自分から耕一の船に跳び移ることができなかった。耕一も同じ気持でいるのか、ことばがとだえると時計の音に心を刻まれるようだった。

「眠れそうにないね」

「無理に眠ろうとすることはないわ」

「それもそうだ」

二人は天井をみながら子どものときの話をした。それから二人がそれぞれ別の相手と結婚したら、という話になっても桂子の声はやさしかった。

「この話はもう仮定法で話さなくてもいいのね。いずれそういうことが事実になるんですもの」

「おたがいに、まったく違ったタイプの相手と結婚することになりそうだね」

「わたしは尼寺にはいるつもりで結婚します。わたしのだんなさまになるひとはお気の毒のようね」

「そんなよからぬ魂胆だけは棄てたほうがいいね。まじめにならないと結婚ということはできないよ。ぼくもまじめになって、あまり利巧でない犬のような奥さんをもらおう。無難に家庭を守ってくれさえすればいい」

「耕一さんこそまじめでないわ。あなたには結局、安物や実用品を買うことはできないと思います。結婚する決心がついた以上は、最高級品をお探しになって。そうでなければわたしはいやだわ」

「妙なことにこだわるね」

「だって、立派な奥さまがいらして、それでわたしは安心してお妾になれるんですもの」

「またそんなおかしなことをいう」

「ああ、たのしくなるわ。耕一さんは早く結婚して。そうすればわたしも結婚します。耕一さんと姦通するために結婚します。それとも、二組の夫婦ができあがったときには swapping でもやってみましょうか」

「なんだい、それは」

「交換すること」

「きみは悪いことを考えるね」

「わたしがもっと悪い女にならないうちに耕一さんは早く結婚して。会社にもいいかたは沢山いるんでしょう」

桂子はまえにも耕一が、耕一に気のある同じ課の女たちから高価なカフスボタンやカーディガンを贈られて困っているという話を何度かきいていた。大阪の女は独身の男を攻め落すためにはそんなことも平気でするのかと桂子は感心したものだった。もっとも耕一がそんな女を好まないことを知っていた桂子は安心して笑っていた。

「いつまでも難攻不落というわけにはいかないだろう。しかし敵も利巧で、体を張った無謀な突撃などは決してしない。体を許したときは男を完全につかまえたときだ」

そんな話をきいているうちに、桂子は昔読んだある小説の結末を思いだした。結婚した女が、昔自分を愛していた男に再会したとき、「あなたは、もう、でしょう?」ときく。女を知っているかどうかをそんなふうにきかれて、男のほうがなんと答えたのだったかを桂子は思いだせなかった。耕一に同じききかたをしたら、耕一はどう答えるだろうか。

しかし桂子には自分から耕一に抱かれにいくことができないのと同じようにこの質問を口に出すこともできなかった。

話がとぎれると、息をつめて眠ったふりをしても、ほんとうの眠りは訪れずに朝を迎えた。

雲の峰

戻り梅雨があって、夏の盛りの来るのが例年より遅いようであった。

大学は七月の上旬で休みになったが、そのまえから文学部では学生大会でストライキの決議が成立したということで、文学部の建物は正門入口を机や椅子のバリケードでふさがれ、その建物での授業も事実上行われなくなったまま休みを迎えた。桂子の指導教授の山田は、ストライキのあいだも法学部の教室を借りて授業をつづけていたひとりだった。

「文学部では、若いのに山田君が一番立派ですね」

堀田も桂子にそういったが、たしかに山田は、若い「造反教官」のほかに五十代の教授までが「全共闘」に傾いた姿勢をとりはじめているなかで、終始まっすぐに立っていた。

「ノーマン・メイラーとかいう、頭のおかしなアメリカ人がいるでしょう。かれがhipと

square とを分けているのに従えば、山田君などはもっともhip的要素の少い人間で、だらしない人間やアナーキイな行動を許さない固さにかけては、近ごろの大学の教師には珍しい人間です。文学部ではもっとも文学青年的でない人間ですよ。まだ独身だそうですね」

堀田は急にそんなことをいって、笑いながら桂子をみつめた。

丸善に註文してあったR.W.Chapman編の*Jane Austen's Letters to Her Sister Cassandra and Others*が届いたので、桂子は山田の部屋へそれをみせに行こうと思って学校へ来たのだった。しかし堀田のことばが気にかかりはじめると、額に翳りがあらわれたようで、それも気になった。

山田が独身であることは勿論桂子も知っていたが、それを気にかけたことは一度もなかった。女子学生のなかには、指導教授を選ぶのにも、既婚か未婚かを重視するものがいて、その場合、独身の若い教師は反撥や警戒から敬遠されることが多かった。もっとも、山田のゼミにはそういうことにこだわらない女子学生が集っているようだった。そして堀田がいったように、文学青年的な要素がないせいか、山田は独身の若い男であることを感じさせなかった。いつのまにか桂子自身も、山田がすでに結婚して子どもが二、三人もいる男のような気になっていた。

「お久しぶりね」といって桂子の坐っていたベンチに腰をおろしたのは橋本麻紀子だった。

「こんなところで何をぼんやりしてるの」

桂子はジェーン・オースティンの書簡集をみせて、これから山田のところへ卒論のことで相談に行くのだといった。

「梅雨が明けると急に日ざしが強くなって頭が割れそうね。少しふらふらしたから、桜のかげで休んでいたの」

桂子は厚く葉の茂った桜の枝をみあげた。

「あまりうっとうしく茂りすぎて、桜とは思えないみたい」

「のんびりと勉強ができて、いい御身分ね」と麻紀子は毒のある声でいった。

桂子は驚いて麻紀子をみなおした。しかしすぐ顔をそむけた。荒れた汚いものをみたくないからだった。汗の匂いや汚れた髪の匂いから逃れるために、桂子は立ちあがった。麻紀子も立ちあがって桂子のまえをふさぐようにしながら、

「あなたは最近右翼か民青の前田たちとよく一緒にいるわね」

麻紀子は男物のサングラスをかけて口をゆがめていた。封鎖中の建物のなかに寝泊りしているらしい。

「前田さんたちは別に右翼でも民青でもないけど、あなたたちの仲間ではそのどちらかとも見当がつかないでいるの？」

「形式的な規定の問題じゃないわよ。かれらが実質的に果している政治的役割が右翼・民青的だといっているのよ」

「そうですか」と桂子は冷静な声でいったが、それがかえって相手をかっとさせたようだった。麻紀子が激して演説口調でまくしたてるのを桂子は黙ってきいていた。そしてひと区切りついたところで、

「約束の時刻だから、行くわ」といって桂子は相手に背を向けた。

「待ってよ。あんたはなんにもいわないの？　なんにもいえないの？　どうなのよ」

「あなたとはお話したくないわ」

そのまま歩きだしたとき、はげしく唾を吐く音がして、なまあたたかいものがふくらはぎにかかったようだった。

桂子は図書館の便所にはいると、ナイロンの靴下を脱いで捨てた。それからハンカチに石鹸をつけて、赤くなるまで脚をこすった。鏡に映った顔は怒りで輝いていた。眼が少し吊りあがって、らんらんと光っている。コンパクトを出して顔をなおそうとしたが、怒りの顔はやわらがないようだった。

「どうかしたんですか。怒ってますね」

山田は桂子の顔をみるなりそういった。

「すみません。変な顔をおみせして」と桂子はいったが、まだ声がふるえていた。「さっきそこで、全共闘のひとりにつかまって、とりあわないで行こうとすると唾をひっかけられまし

た」

「許せませんね。ぼくなら、男だから張り倒しますね」

「相手も女だったんです。まえに先生に御指導をお願いにあがったとき一緒だったやつです
わ」

「橋本麻紀子ですか。アプダイクか何かをやりたいといって、小田切のところへ行った学生で
すね」

　橋本麻紀子のことも同僚の小田切講師のことも呼び捨てであった。

「殺してやりたいくらいですわ」

「蠅のようなものだと思いなさい。殺すと手が汚れますよ」

　山田は桂子の手から本を受けとってめくりながら、

「私も以前は怒りっぽい人間でしたが、父によくそういわれましたよ。悪いことをするものは
人間ではない、蠅だと思え。私の父は四国の田舎の寺で住職をしていますがね」

　山田が自分のことや家族のことを話すのは珍しいことだった。

「曹洞宗です。ここだけの話ですが、私も日課経大全くらいはおぼえていますから、盆彼岸に
檀家を廻って簡単なお経をあげる程度なら、住職代行がつとまるわけです。学生のときにはや
ったことがありますよ。ただし私のは、一語一語正確に朗々と発音するので、謡をきいている

ようで有難味がないといわれました」

桂子は笑った。笑いだしながら、山田がそれとなく桂子を笑わせようと努めていることに気がついていた。

「一度きかせていただきたいですわ」

「そのうちにコンパのときにでも御披露しますよ」

そういってから山田はジェーン・オースティンの書簡集に目を移して、

「このカッサンドラにあてた手紙で、ジェーンの第二番目の結婚問題のことは具体的にわかりますか」

「詳しくはわからないと思います。わたしたちがぜひ読みたいような手紙は、おそらくカッサンドラが処分したのではありませんかしら」

「それならあとは甥のジェイムズ・エドワードが書いた伝記ですか」

「その子と孫とで書いた伝記にもう少し詳しいようですわ」

「これは私自身の勝手な興味で、あなたのテーマとは関係ないことかもしれませんが、あのジェーンがなぜ生涯独身だったかということがまえから気になっていましてね」

桂子は自分がそうするとすればどんな気持からだろうかと考えてみたが、考えられなかった。

「わたし自身にそんな生きかたをする気が全然ないせいか、よくわかりませんわ。ジェーン・

オースティンの場合は、別に独身でいるのが好ましいと思っていたわけではなくて、いろんな事情で心ならずもそうなったのではないでしょうか」といってから、桂子はまっすぐに山田をみて、「先生の場合はどうでしょうか」

「私ですか」と山田は驚きも照れもしないでいった。「あなたがジェーン・オースティンについていったのとまったく同じことがあてはまりますよ。適当な相手がみつかれば結婚します。そのうちにあなたにも申込むかもしれませんよ」

まじめな顔をして冗談をいっているのか、それとも冗談めかしてまじめなことをいっているのか、はかりかねるところがあった。桂子はとっさに冗談にして、

「そのときは有難くお受けいたしますわ」と、これもひどくまじめな顔で答えた。

桂子の父は朝は六時に起きて九時過ぎに家を出ることが多かった。梅雨明けとともに桂子も早起きになり、六時半からのバロック音楽の番組を毎日聴いていた。七時半には父と母と桂子の三人の食事が終り、そのあと父は縁側に文机をもちだして個人的な手紙の返事を書いたり、本を読んだりする。

桂子が早く起きるようになってから、父が着替えのまえに桂子の点前(てまえ)で薄茶を飲む日がつづいた。

「今年は不昧庵の初風炉に行かなかったな」と父がいった。そういわれてみると、五月には父も母も家をあけて京都に出かけたことがなかったようである。いまは夏のさかりに近づいて、運び点前に使う風炉も琉球風炉だった。

「六月も京都へはいらっしゃらなかったでしょう」と桂子がいうと、父はちょっと考えるふうだったが、

「私ひとり行ったよ。たしか、梅雨の最中の日曜日だったな。土曜日の午後発って、桂子がまえに泊った例の清滝の旅館に泊ったよ」

話の様子からすると、それが桂子と耕一とが六甲山のホテルに泊った土曜日にあたっているようだった。桂子が無断で外泊したことを、ちょうどそのとき家にいなかった父は知らされていないらしい。桂子が日曜の昼過ぎに家に着いて、「ゆうべは神戸で泊りました」とだけいったとき、母は黙ってうなずいただけだった。なぜそれを父に話さなかったのだろうか。

「お母さまはなぜ行かなかったのかしら」と桂子はぼんやりした声でいった。

「日曜の朝新幹線で来ることになっていたが、まえの晩から体の工合が悪くなったそうじゃないか」

「そうでしたわ、あのときは」と桂子はあわてていった。「でも、それほど悪いようでもありませんでしたけれど」

「文子はあれで案外気むずかしくて気紛れなんだ。しかし、梅雨のころは露地の杉苔がきれいだね。長い雨をふくんで輝いているようだった。清滝へ行く途中で祇王寺に寄ってみたが、雨のなかに立っている青竹がよかった。例の丸い障子にも虹の色があざやかに映っていた」

「わたしもちゃんとお稽古をしていれば一度不昧庵に行ってみたいですけれど」

「連れていってもいいが、尚古堂のふじのに会うことになるよ」

「え？」と桂子がききかえすと、父は笑いながら、

「桂子はあのばあさんが嫌いだろう。むこうもそれを知っていて、自分からそういっていたよ」

父はもう一服薄茶を所望した。濃茶を薄く点てるのが父の好みだった。

「一度朝茶に行ってみるかね」

「だめですわ。懐石が出るのはだめですわ。まえにふじのさんがいらしたときにほんの初歩をお稽古しただけで、あとはお母さまのを見様見真似でやっているだけですもの。お客さまはどんな顔ぶれなんですか」

「朝茶なら、私と文子におまえを入れて三客でいいさ」

「祇園会(ぎおんえ)の京都へは行きたいのですけれど、不昧庵はやっぱり敬遠させていただきます」

その朝は父が家を出るのが遅くなって、化粧に時間をかける桂子が大学の図書館へ出かける

のと同じ時刻になった。

「遅くなりついでに大学まで送ってあげるよ。乗りなさい」

桂子は車が好きではなかったが父の隣に坐った。

「このあいだ神戸へ行ったそうじゃないか」

「お父さまが京都へいらした土曜日ですわ」

「宮沢君と会ったのかね」

「はい」

「一緒に泊ったのか」

「はい」

「それで？」と父はまえを向いたままたずねた。

「御心配なく」といった桂子の声に挑みかかるような鋭さがあった。「何事もありませんでしたから」

「どうするつもりだ？」

「結婚しないことにしました」

「そうか」

「お母さまからおききになったのではないでしょう」と桂子は鋭くいった。

「宮沢君のお母さんからきいた」

「よくお会いになるんですか」

「最近よく会うね。近くあのひとのエッセイ全集をうちで出す」

「耕一さんのお母さまにはこのあいだわたしもお目にかかりました」

「そうかね、それは知らなかった」と父がいったのは、ほんとうかどうか桂子にはよくわからなかった。もしほんとうならば、三津子が自分と会ったことを父にいわないでいてくれたことを誇りたい気持があった。


正門に傘をさしかけるようにして枝をひろげている菩提樹のまえで、桂子は日傘を傾けて軽やかに歩いてきた女とすれちがった。思わず振りかえると、そのとき相手も振りむいたのに眼が合ったようだった。桂子は中途半端に会釈のようなそぶりをした。蝉の翅(はね)のようなものをまとい、日盛りに融けていたのが、樹陰で急に形をあらわしたかのようだった。その姿勢のよい軽快な歩きかたが三津子を連想させた。三津子よりは少し年上で、四十を過ぎていたようである。桂子は年上の結婚した女のある種の型にふしぎに心をひかれるたちだった。ある種の、とは要するに自分の母とはあらゆる点で対蹠的な、ということかもしれない。三津子が洋服を着てあらわれたようなその女も、桂子の胸にさわやかな風を吹きこんだ。

堀田の研究室にあがっていくと、堀田は机に判例集を積みあげ、ワイシャツの袖をまくって仕事をしていた。桂子は邪魔をしては悪いのでそのまま帰ろうとしたが、堀田は、

「いいですよ。あと五、六分で終るところだから」と引きとめた。「そこにお茶の包みがあるでしょう。錫の茶壺に入れておいて下さい。さっき家内に買って届けてもらったんです」

「奥さまなら、お会いしましたわ」と桂子は声をはずませた。「さっき、菩提樹の下で」

桂子にそういわれて堀田はすぐにはわからなかったようだった。

「ああ、あの正門の菩提樹か」

「すばらしい女のかたとすれちがったので、思わず振りかえりました」

「少々大袈裟だね。多分人違いだろう」

「麻の日傘をさしてらっしゃいました。背も脚もまっすぐのばして、軽快に歩くかたでしたわ」

「家内かもしれませんね」といいながら机のうえを片附けると、堀田は桂子のまえに来てソファに坐った。

「その奥さまによく似た感じのかたといえば、耕一さんのお母さまがそうですわ」

「知ってますよ」と堀田は無造作な調子で煎茶をいれた。「六月に一度……そう、たしか六月の最後の土曜日の朝だったと思うが、あなたのお父さんとお二人でここへみえましたよ」

「知りませんでした」

桂子は落着いて興味ぶかげに微笑さえ浮べた。哲学史の講義でおぼえた、《nil admirari》というラテン語を呪文のようにくりかえす癖が、ひとの話をきくときには役に立っているようであった。ひとに会うときは、何をきかされても、狼狽したり怒ったりするかわりにほほえむことにしようと心を決めていた。

「その後たまたまあなたとゆっくり話す機会がなかったようで、ついいいそびれてしまいましたが、要するに、お二人がいらっしゃったのは、私に反仲人とでもいう役割を頼むためでした。つまり、あなたと耕一君との結婚話をこわす役ですよ。私は一応はお断りしましたが、御両家がこの結婚に反対しなければならないという納得できる理由があればお引受けしていいとも思った。それで、結論だけいうと、私はその理由をきいて仲人の反対のことをしてみる気になった」

「その理由というのは何でしょうか」

「それはいえません。理由はいえませんが、あなたが聡明で、この反対を粉砕してみせるというためだけでおかしな行動に走ったりしないものとして仮定していえば、ともかく私も宮沢君との結婚には反対せざるをえませんね」

「先生にまでそうおっしゃられて、結婚はできませんわ」

「私がどういうかによらず、この結婚はできません」

「その問題なら、梅雨明けとともにもう蒸発してなくなりましたわ。耕一さんに会って、二人で結論を出しました。わたしは耕一さんとは結婚しません」

堀田は口を強く結んだ顔でうなずいた。それからその口をゆるめ、顔中で笑いかけると、

「私はこれから出かけますが、どこかでおひるを食べましょう」

どこかでというのが横浜だときいて桂子は驚いたが、あの日傘をさして軽やかに帰っていった堀田の妻に対するこだわりもあった。

「奥さまも御一緒ならよかったのに」

「あれはこれから女学校時代の友だちと会って青梅まで鮎を食べに行くのだそうで、女学生みたいにうきうきしていましたよ。そのうちに遊びにいらっしゃい。若い女性のお客さんは珍しいからよろこびますよ」

桂子が車に弱いので、渋谷から桜木町まで電車で行った。中華街へ行く途中の街並から桂子はふと神戸の街を思いだした。古い洋館が目につくからだろうか。しかし神戸と共通した街の印象は、すぐ先に海がある街の、開かれた空の感じにもあった。時間のテープが巻きもどされて、いまはあの土曜日のつづきの、雨のあがった神戸にいるような気がしてくる。

神戸では英国の居酒屋風の、ダーツのある店でローストビーフを食べた。いまは中国人の客

ばかりの店で広東料理を食べている。桂子はほとんど飲めなかったが、堀田は老酒を飲んだ。中国人の客が註文しているのをみて、堀田は鰻の料理も頼んだ。桂子は黒鯛を蒸したのと、何か得体の知れないものをブロッコリと一緒に炒めたのが気に入った。

「二人ではとても食べきれませんわ」

「いいんですよ。こうやって少しずつ食い食べちらかしておけばいい。あなたをまえにしては、トム・ジョーンズの映画のなかで、トムと女がさしむかいで貪り食ったような、あんな食べかたをするわけにもいかないだろう」

桂子はその映画をみていたので、食事の場面もおぼえていた。欲望で油のように光っている眼と眼をみかわしながら、食べものをとめどなく口のなかに押しこんでいく光景は相手の体を自分の体に入れる行為よりもすさまじくて、桂子は息がつまりそうだった。

堀田は酒を飲みはじめると少食になるようだった。

「どうですか、酔っぱらうといやらしい眼つきになるでしょう。あなたを肴にして、眼で食べながら飲んでいるようだ。中年男のいやらしさかな。それをまた口にしてみるところが一段と図々しいね」

「お酔いになった先生をみるのははじめてですけれど、父に似ていますわ。父のお酒のお相手はときどきつとめます」

「あなたくらいの年の娘を相手に晩酌をするのはいいねえ。ぼくの子どもは三人とも男の子で、上のが高校にはいったばかりだ。おやじの酔態を造反的な眼つきでみている。ぼくは酔っぱらうと奥さんをからかったりいたずらをしたりする。娘がいたらキスくらいしかねない。牧田桂子もキスくらいさせてもいいという顔をしているね」

桂子は少し酔いをおぼえる顔を頰杖のうえにのせて堀田をみつめた。唇を動かして、声を出さずに、「いいわ」といってみた。

元町を歩きながら、桂子は堀田に腕をからませた。酔った父親を気遣っている娘のふりをしていた。

「だれかにみられたらどうします？　このあたりにも、うちの学生が出没しないとはかぎりませんわ」

「いいさ。こんなところをだれかにみてもらうのもおもしろいじゃないか」

そういいながら堀田は、桂子が一軒一軒丹念に店をのぞいてまわるのに気長につきあっていた。桂子はひどくはしゃいで甘い声が歌うような調子を帯びて、品物を指さしては、「あれ欲しいわ」を連発した。堀田はよい機嫌で、「ああ、いいとも。買いなさい」とくりかえした。

ソフトクリームの売店のまえに行列ができているのをみると、桂子は、「食べたいわ。断乎、食べるわ」と堀田の手を引っぱった。「元町に来たらあれを食べなきゃ」

アイリス・マードックという英国の女の小説家の《The Sandcastle》に、女主人公が田舎の川で急に泳ぎたくなって、男に、“I must swim! Do you mind? I must! I must!”というところがあったのを桂子は思いだした。その話を堀田にして、

「わたしも、“I must! I must!”ですわ。先生もこれを召上らなければいけないわ」

「こんな甘いものを食わされて気が狂いそうだ」

そういって堀田もソフトクリームをなめながら桂子と並んで歩いた。

外人墓地にのぼると夏の空と雲が輝いていた。雲の峰が聳え、大入道の上半身はいまにも頭上にのしかかりそうだった。船のむこうには精巧な雲の塔が立ち並んでいる。

「夏の、雲の峰が輝いているのは好きですわ。あれをみていると、水なき川を渡りけりという風景のなかを自分が歩いている気持になります」

「水なき川か。のどが渇いたよ。ひどい坂をのぼらされて、夏の犬になった気持だ」

そういいながら堀田は汗を搔いて、かえって酔いも醒めたようだった。

桂子は堀田の手を引くようにして日蔭の山道のようなところを下りるあいだに汗もひいた。山下公園のベンチで海の風に乱れる髪を堀田の肩に押しつけながら夏の光に眼を細めていた。

「きょうはあなたにまじめな話もあったが、またのことにしよう。膝枕で昼寝でもしたい気分になってきた」

少年のような首ではなくて、中年の牡のライオンのような首だったが、桂子はやさしい気持になって、陽が沈むまで、それを膝に抱いて眠らせてやりたいような気がした。

朝茶のまえの晩、ホテルの圭介と文子の部屋に宮沢夫妻が来て、女二人はソファに、男二人は丸いガラス板のテーブルをはさんで椅子に坐った。

「茶事のまえにこうやって集るのと、茶事のあとに集るのと、どちらがいいのかな」といって、宮沢裕司はウィスキーのグラスに唇をつけた。

「このところ、まえのほうが多いでしょう。最初のころは、茶事のあとでしたが。そう、不昧庵の母屋のほうでしたね」

「あのころはふじのがお膳立をしましたからね」

「わたしはあとにお茶事がひかえているとどうしても気が重たいようですわ」と文子がいった。

三津子はしばらく黙っていたが、

「でも、あとにしめくくりの儀式みたいなものがあるのもわるくないですわ」といった。

「今夜は別に気が重たくはないね」と宮沢が文子にいった。

「例の厄介な結婚問題もほぼ落着ということで、こうしてみんなでいるのが蜜の壺に閉じこめられているような、水いらずの甘い気分ですね。ふしぎな解放感がありますよ」

「その気持はわかりますよ」と圭介がいった。

「若い連中が妙に殺気立ってやっているらしい乱交パーティなどとはちがって、われわれなら本質的にはもっと猥雑なことが、はるかに優雅にやれそうですな」

「たとえばどういうことです？」

「たとえばこの部屋で」と宮沢は天井をみながら、「二組の夫妻が、相手を交換しないで、夫妻のすることをしてみる、といったことも考えられる」

「およしなさい、そんな悪趣味な……」と文子は赤くなりながらいった。

　宮沢は文子を横目でみて、

「どうやら、われわれのあいだでは、相手を交換した状態が正常な夫婦の状態として安定したようですな。したがって、もとの形式上の夫婦の状態に復帰することがいまや交換という意味をもつ。そうでしょう、牧田さん」

「今夜は少し荒れてらっしゃるようね」と文子が三津子に同意を求めるようにいったが、三津子は微笑を浮べて黙っていた。

「ごらんなさい、この宮沢夫人はいまやぼくのことを無関係な他人をみる眼でみている。牧田夫人のほうがぼくの酔態に女房気取りで気をもんでいる」

「そうかもしれないが、まあそれでもいいでしょう」

牧田圭介は酒にも煙草にも手をつけずにじっとしていた。宮沢はグラスをもったまま、檻のなかの獣のように部屋のなかを歩きはじめた。

「講義でもなさるおつもり?」と文子がいった。宮沢は講義のとき、壇上を歩きながら学生のほうをみずに考え考えしゃべる。その癖を文子は知っていた。

「気にすることはないよ。別にいらだっているわけじゃないんだ」

宮沢はひどくやさしい口調で文子にそういった。それからゆっくりと、分析するように、

「いま三津子は黙っている。黙っているのは、さっきもいったように、ぼくを自分とは無縁の他人として黙殺しているからで、こういう沈黙はまことにこたえますよ。ことばを使うのは、かりに罵ったり相手を傷つけたりするためのことばであっても、とにかく微量のやさしさというものがある証拠かもしれない。ところが三津子は物をいわなくなる。ぼくに対してはやさしさ皆無の黙殺という手を使う女だ」

「それはどうですかね」と圭介はとりなすようにいった。「奥さんは本質的にやさしいんですよ。毒のあることばが口に出せなくて全部のみこんでしまうのではないかな」

「いや、違いますよ。その考えかたは、失礼だが大変甘い。沈黙した女のなかにあるのが柔かいやさしさか、ガラスの破片のような拒絶か、それは抱いてみればわかりますよ」

「事実に反したことをおっしゃっては困りますわ」と三津子がいった。「あなたはわたしを抱

いてごらんになったことがないでしょう」

「抱くとガラスの破片で血を流すにきまっているじゃないか」

「どうも御夫婦の機微に属することになってきたようだが、そういうお話をしてもいいのですか」

「いいんですわ」と三津子がいった。いつものさわやかな声は曇っていなかった。

「牧田さんのほうはいかがです?」と宮沢がいった。「奥さんとは正常におこなってますか、ということです」

「夫婦のつとめですからね。つとめは果しています」

「奥さんはそういう問題についてはぼくに何事も隠したがるので困ります」

「宮沢さんの奥さんだって同じですよ」

「牧田さんのおっしゃることは正確でありませんわ」と三津子がいった。「わたしはきかれれば隠すつもりはありませんわ」

「たしかに、隠すのはよくありませんね。何でも話せるようにしておかないと、ぼくらのこの関係は濁ってきます」と宮沢がいうと、三津子は、

「何でも話しあえるからといって、わたしたちの関係が無色透明で清潔だとはいえないでしょう? これはあくまで腐った、闇のなかに閉じこめておかなければいけない関係ですわ」

「この辺で光をあてて、腐臭のただよう関係を清算するかい」と宮沢がいった。

「十年もつづいたことがそう簡単に片附くとは思えないわ。それに、どう処理するにしても、子どもたちの眼にはふれないようにしなければ」

文子も三津子にうなずいてみせた。


父が二週間ほどヨーロッパへ行ったので、車はあいていたが、桂子は運転ができず、妹の運転では心もとなかった。そこで八月下旬の南伊豆行きには大学の二年生の従弟を誘って車の運転をまかせることになった。男が加わったので、母も海水浴についてきた。

桂子の皮膚は白いほうで太陽に弱く、下田に着いたとき、気がつくと、車の窓から出していた肘のあたりがすでに赤くやけていた。

夏の終りの海は荒れがちで、髪を吹きちぎりそうな風が尖った波を立てていた。桂子たちの泊ったところは石廊崎に近い湾の奥の部落だったが、海水浴客の姿は少くて、万国旗を張りめぐらした浜辺の食堂にも、午後、おやつを食べにきてジュークボックスを鳴らすのは桂子たちだけという日もあった。

妹たち二人と従弟とは、海が荒れて遊覧船が通わなくなった野生の猿の棲む島へ、ゴムボートで渡る計画を立てていた。しかし母に察知されて、

「そんなこと、許しませんよ」と反対されているうちに、颱風(たいふう)が近づいた。母は颱風の来るまえに東京に帰りたがったが、今度は残りの全員の反対を受けた。

桂子たちは砂を飛ばして荒れ狂う風の音をききながら石垣に囲まれた宿に身をひそめて嵐の一日をすごした。黒い雲が去った午後、桂子は砂浜に曳上げられた漁船のかげで下の妹が従弟と接吻しているのをみたが、母にはいわずに、ビーチパラソルの下にねそべってユグナンの『荒れた海辺』を読んだ。そしてこのなかの兄と妹のように、自分も耕一の妹だったら、と想像しながら、急に衰えた夏のけはいにさびしくなって、そのまま砂浜で午睡をしたりした。

海は桂子たちがいるあいだ中荒れて、太陽も雲に隠れがちだった。桂子はあまり陽やけもせずに海から帰った。

中秋無月

海では夏の衰えが早いようだった。

ひとのいなくなった砂浜に打ちあげられた貝殻、魚の骨、骨の色をした流木、海辺の墓などに似て、桂子の胸のなかにも白くて堅いものが残った。桂子は詩人の真似をして、「情念の墓」といったことばを考えたりしたが、ほんとうはしかし夏の日ざかりに燃え狂ったものがあったとも思えなかった。いつからともなく、胸のなかにも海辺にも、乾いた風ばかりが吹いていたような気もする。

海から帰った桂子は少し痩せていた。二十歳を過ぎてから夏痩せをするようになり、それがもとにもどらないのか、年ごとに少しずつ痩せていく体になったようである。妹たちは若さが思うまま肉になってその若さを主張しているかのように、少しふとり気味の体で、よく陽に灼けて頬も二の腕も光っていた。

朝起きぬけに庭に出ていると、八手のかげの、こちらを向いている父の顔に気がついた。桂子にみられていることには気がついていない顔のようだったが、ひとりでいるときの父の顔の陰惨さに桂子は胸が重くなった。みてはならないものをみたことに気が咎めて、桂子は体を細くする思いで音も立てずに「月見台」のほうへ引返した。

父がよく冗談に、桂離宮古書院の盗作だといっている、丸竹を並べた三畳敷きあまりの露台が、今年も秋を迎えて濡縁のまえに出してあった。名月をみるには間があったので、海から帰った晩も桂子はそこで虫の音をきいたりしたのだった。

「若いのに朝が早いね」といいながら父が隣に腰をおろした。

「寝呆け眼であそこの朝顔の数も数えられないようですわ」

桂子は白い掌をみせて、手の甲で眼をこすった。

「そうかね。さっきは八手のこちら側で深刻な顔をして立っていたようだが」

お父さまこそ、ということばをのみこんで桂子は化粧まえの血の気の少くみえる顔を一層白くした。自分もひとりでいるときはどんな険しい顔をしているか知れたものではないと思った。

「いま、会社のほうが大変なんでしょう?」

「ゆうべも帰ってきたのが二時だよ。ヨーロッパに行っているあいだに組合の様子がますますおかしくなった」

「学校でも全共闘が無期限ストだとかいって、文学部の建物を封鎖しているそうですわ」

「このあいだ、おまえの大学からもヘルメットをかぶった連中が応援に来て玄関まえでひとあばれしていったそうだよ。まえにうちでアルバイトをしていた佐々木という学生がそのリーダーだそうだ」

「佐々木なら今年の三月三十一日附で退学になったはずですから、もううちの学生ではありません」と桂子はいった。「野犬のようなものですから、いずれ警察が捕えてくれるのを待つほかありませんわ」

父はきびしいことをいう桂子の横顔をみなおしているようだったが、

「夏のあいだに少し痩せたようだね。それに、灼けてないようでもやはり夏の陽はこたえるんだな」

そういって父は庭下駄をはいた桂子の足に目を落した。

足の甲や足首にサンダルの紐の跡がかすかに白く残っていた。そんなふうに夏の名残りをとどめた脂気のない足をみると、桂子は自分の若さの衰えを感じた。それから「今朝の秋」ということばがふと頭に浮んだ。桂子は二つの足をそろえて父の目からも自分の目からも隠すようにした。

「このごろ、何か心配事があるのかね」と父にいわれて、

「別に」と唇にだけ微笑の形をみせながら、桂子は耕一との結婚の件以来父が自分に対して妙に気を遣っているのはかえって負担に感じられると思った。父は、耕一との結婚を諦めさせたことが大病の作用をして桂子を憔悴させているとでも思っているのだろうか。桂子は父にむかってそんな気遣いを打消してやりたかったが、秋の色がみえはじめるとともに体が軽く感じられたり手足が麦藁のように頼りなく感じられたりするのは、やはり自分でもそれと知らずに長い病気で衰弱していたのだろうかとも思った。

「桂子は結婚したあともこの家に住みたいかね」

突然父にそういわれて桂子はしばらく返事が出なかった。

「桂子がここに住みたいなら、譲ってもいいよ」

「わかりませんわ」と桂子は困ったような声でいった。「それは、この家も庭も大好きで、いつまでも住んでいたいとは思いますけど、結婚したら、そんなことを考えていてはいけないと思います。まったく別の生活を別の場所で始める覚悟がなければ結婚はできませんわ。それにこれははっきりしたことですけど、結婚してからこの家でお父さまやお母さまと一緒に暮すのはいけませんわ」

「勿論、こちらだって一緒に住むつもりはないさ。その場合はここを明渡すことになる」

「お父さまはどこへいらっしゃるの」

「4LDKくらいのマンションにでも移るさ」

「いやだわ」と桂子は首を振った。「お父さまにはいつまでもここにいらしていただきたいわ」

それから下駄をはきなおすと立ちあがって、

「早くお嫁に行かせて下さい。いいひとをみつけて下さい。お母さまにもそうお願いしておきました。でも、お母さまは腰が重いし耕一さんとのことがあってから余計に物事をよくよく考えるようになっていらっしゃるから、お父さまにもお願いしますわ」

「しかしなんでそう急ぐのだ?」

「別にやけを起しているわけではありません。卒業したあと、働きもしない、勉強もしないで、ふわふわと生きていると碌なことがないような気がするからですわ。鳥籠のなかでもいいから、ちゃんとした骨組のある生活がしたいと思います」

耕一とでは、二人きりで小舟のなかで融けながらどこかへ漂流していくような生活しかしたくない。またできるとも思えなかった。それが耕一とは結婚しない理由なのだと桂子は自分を納得させていた。

その午後、丸善の洋書売場で註文の本を受けとってから近着のアイリス・マードックの小説をみていると、「宮沢さん」と呼ぶ店員の声が桂子の耳にはいった。電撃を受けたように体が熱くなったが、桂子のすぐ横に立っていた五十まえの紳士が店員と話しはじめたのをみると、今度は体中の血がひいてしまうようだった。知らぬまに橋を渡ってもうひとつの世界に立っている自分を、辛うじて橋のこちら側に残った自分が見守っているようで、ふたりに分れた桂子はそのまま動くこともできなかった。

桂子は、写真でみたことがあったので、それが耕一の父の宮沢裕司だとすぐにわかった。瘦せて背は高いほうで、白い毛の目立つ髪を全部うしろに掻きあげているのと、高い鋭い鼻とを横からみるせいか、物わかりのよさそうな「文化人」というより、一種の猛禽の印象が強かった。しかし鳥らしくなく、背はまっすぐにのばしていて、これも猫背の多い大学教授を見慣れている桂子には意外であった。木炭の色をしたスーツを着て黒いアタッシュ・ケースをさげているのも、桂子の大学の文学部教授のあいだではほとんどみられない姿である。こちらでは、以前からツィードなどの替上衣を着ているのが多かったが、この四月以来、ネクタイを締めないのがふえ、さらには年輩の教授でも「全共闘」風に肩からさげる鞄を使いはじめたりしていた。どういうわけか、桂子は耕一の父もその種の文学部教授の典型で、ことによるとベレーを愛用しているかもしれないと想像していたのだった。それで、この黒ずくめの猛禽には少からずとまどって、自分の偏見をどう修正してよいかわからなかった。

相手が気がつくまで桂子はじっと立って、眼が黒曜石にでも変りそうなほど力をこめてみつめていた。宮沢はみられていることを知ると、むきなおって不審なものの吟味をするように眼をこらした。一重だが疲れると二重のようにみえる瞼で、眼が充血してあらあらしい感じがするのは、疲れと興奮のためのようだった。

「牧田桂子です」と桂子がいうと、宮沢の堅い顔が崩れて、

「やあ」といったが、桂子には苦痛の呻声のようにきこえた。しかし不自然にでも笑おうと努めた宮沢の顔には、桂子を惑わした耕一の笑顔にあったのと同じものがあらわれていた。それは内気な育ちのいい少年がはにかんだときにみせる表情で、それが疲れた猛禽の顔にもたしかにあらわれたのだった。

桂子も努めてほほえみながら、いまにも泣きだすのではないかという気がしていた。相手の虚をつくように、身をひるがえして逃げだすのが一番劇的だと思っても、体のほうはそのようには動かなかった。

「こんなところではなんですから、下でお茶でも」

宮沢がそういうのをきいて、もうひとりの桂子もようやく橋のこちら側へかえってきたようだった。桂子は落着いて挨拶のできる桂子になって宮沢について地下の店へおりていった。宮沢は桂子をまえにしてどんな態度をとるべきかいまだに決めかねている様子で、

「あなたとは妙な御縁ですね。おたがいに顔を合せるのは工合の悪いことになってしまったが、それにしても偶然とは意地の悪いものだ。ぼくが耕一の父親だとよくわかりましたね」

「先生もわたしのことがすぐおわかりになったようでしたわ」と、桂子はいつもの甘さのある声になって、ややゆるやかにしゃべった。「名乗りをあげたりして、いけなかったでしょうか」

「そんなことはありません」と宮沢は少しむきになっていい、タバコを取出すと、「失礼しますよ。とにかく驚きましたね。丸善にはよく来るんですか」

「今日は卒論に必要な本を註文してあったのが着いたので、取りにきたんですわ」

「英文科でしたね。何をやりますか」

「ジェーン・オースティンです」

宮沢の専門は英語学のほうだったが、桂子のテーマの選びかたが正攻法で感心だというようなことから、話は自然その方面のことになった。桂子の指導教授の山田のことも宮沢は知っていた。

「山田君の訳したものではジョージ・エリオットのRomolaとサミュエル・バトラーのErewhonを読んだことがあるが、大変立派な仕事です。近頃の若い人には珍しく、英語そのものの力がある。まだお会いしたことはないが、ぼくの後輩ですよ。たしか、同期の小堀君のお弟子さんだと思う」

話がはずんでくると、宮沢は紅茶のあとでジンフィズを勝手に二つ註文し、若い娘のまえでことさらに饒舌になる青年のように、自分の大学の紛争のことなどを詳しく話しはじめた。

「この五月からぼくもいま流行の学部長代行というのをやらされていましたが、きのう辞表を出した。代行をやめただけではなくて大学をやめたわけです。しかし教授会はぼくをあくまで懲戒免職にしたいらしい。全共闘から出ていた、教授会との大衆団交や教授会公開の要求をぼくの一存で拒否したのが気に食わないらしい。ばかな賤民教師共です。文学青年と文学老人、それにあとは女ばかりの文学部教授会だから手がつけられない。とにかく疲れましたね。公私にわたって疲労困憊しました」

そういって宮沢は眼と眼のあいだを二本の指で揉みながら眼を閉じた。桂子は二口ほど飲んだジンフィズの酔いが頭にまわったようで、自分も眼に血の色があらわれているのではないかと思いながら、

「その私のほうには耕一さんとわたしのこともふくまれているのだとしたら、申訳ありませんわ」といった。

すると宮沢は眼をあけて正直に狼狽をあらわした顔で首を振った。

「あなたのお気持に添えなくて申訳ない。ぼくの立場は、あれはいまのところは見合せたらどうかというところです。最大の理由は、耕一が、就職はしたが経済的にもまだ自立できない人

間だからということです」

そんなことならわたしには共稼ぎをしてでも耕一さんと結婚する覚悟があります、というくらいの反論をすべきではないだろうか。桂子はそこまで考えたが嘘はいえなくて黙っていた。じつはそんなふうに思いつめたことは一度もなかったのだった。いつか堀田教授に、struggleということはいやだと話したのをもっと具体的にいえば、こういうことにもなるのかと思いあたった。死ぬとか駈落するとまではいわないにしても、自分も当然働いて結婚生活を支えるのだといえなかったほど耕一との結婚に対する執着は弱いものだったのかと、それをここで認めなければならないことはかなしかった。

桂子は強いて笑顔をつくると、

「その理由は、全共闘ではありませんけど、いささか欺瞞的かもしれませんわ」といった。

「たしかに欺瞞的かもしれない。でもほかに大した理由もないんですよ。少くともぼくらのほうでは、半人前の息子に牧田さんのお嬢さんをいただくわけにはいかない。勿論、ぼくらも耕一の結婚生活を経済的に援助してやることならいくらでもできる。しかしこれはぼくと家内の一致した考え方だが、そんなままごとみたいな結婚生活には賛成できません」

「わたしもいやですわ」と桂子も強くいった。

「あなたのほうで、耕一がほぼ自立できるまで待って下さるというのなら話は別ですよ。しかしそういうことはこちらからお願いできる筋合のものではありませんからね」

「わたしのほうは待ちつづけてお婆さんになってもいいんです」

桂子は冗談のつもりだったが、宮沢は正直に動揺をあらわした。その正直さに桂子はやさしい気持が動いて、

「嘘ですわ。そんなわたしを引受けなければならないという負担を耕一さんに負わせてまで待ちたくありませんわ。わたしたち、それぞれ別の相手となるべく早く結婚することにしたのです。耕一さんとは、そんなことを笑いながら話合えるふしぎな仲だったんですわ。ふたりが結婚して二組の夫婦ができあがったら、何のこだわりもなくおつきあいできると思います。ぜひそうしたいですわ」

「ぼくもそれを願いますがね」と宮沢はいったが、眼には笑いがなくて、眉根に皺が残っていた。


後退していく夏が残りの暑気を精一杯吐きだしているようだった。南伊豆の夏の終りの荒れた海辺を撮った写真のなかに気に入ったのがあったので、宮沢三津子にそれを送りたいと思いたって添えた手紙に、「きびしい残暑がつづきますが」と書いたのも、二百二十日のころだった。

しかしあかあかと夕陽が照るときの暑さも消壺のなかで消炭が赤くなっているときのほてりに似ていた。夏のあいだに何かが燃えつきたかもしれない桂子の体は、軽い消炭のようで、心のほうも弱っているのに燃えやすい多孔質の心に変っているのがわかった。火がついて燃えてしまえば細い枝炭のようになって死ぬだけだと思う。桂子はきびしい秋暑を恐れて学校も休みがちであった。

研究室の横の、あまり大きくない公孫樹が低いトンネルをつくっている並木道を抜けて五階建の研究室にはいるときには、「冷ひやと小路へはいる残暑かな」の感じがあるのも、日中の暑さが衰えないからだった。

堀田教授の部屋へは九月になって一度だけたずねて行ったことがあるが、留守で、それきり行かなかった。文学部では、九月になっても建物の封鎖とストライキがつづいているので、教師たちの動きもあわただしくなり、研究室のロビーで険しい顔を集めて話合っていることが多く、桂子も研究室へ出入りするのを遠慮した。

文学部の建物の入口で「全共闘」と体育会の学生との小競合いがあって、屋上からヘルメットに覆面の学生がコンクリート・ブロックを投げ落したりしたことがあって、そのあと桂子は堀田と正門附近で出会った。忙しそうなので挨拶だけして別れるつもりだったが、堀田が話しながら歩くので桂子も肩を並べて研究室のまえまで歩いた。

「宮沢さんが教授会の決議で懲戒免職処分になったそうですね。それもほかの連中が学生のまえで公開教授会というのを開いて、全員がそれぞれ自己批判みたいなことをやったあげくのことだそうですが」

そんな記事が新聞に出ていたという。桂子は新聞のそういう欄をめったに読まないので知らなかったが、

「宮沢先生もそんなことになりそうだとおっしゃっていました。このあいだ偶然丸善でお目にかかりましたけれど」

堀田は無造作に「そうですか」といって、あとはこの大学の文学部教授会のことに話を移した。

「なにしろお年寄りと御婦人と文学青年ばかりですから、こういうときには困りますね。まさか公開教授会まではやらないでしょうが」と堀田は宮沢と同じようなことをいった。「最近山田君には会いましたか」

「いいえ」

桂子は黙って歩いたが、階段の下で立止って堀田と向いあうと、

「夏が過ぎるのと一緒に体も頭も衰えたのでしょうか、少し調子がおかしいようですわ。憑きものが落ちると体まで軽くなって頼りないようで……」

そういえば少し夏痩せしたようだと堀田にいわれて家に帰ってから、桂子は原因のわからない熱を出して、二、三日冷たい果物しかのどを通らずに床についていた。二階の自分の部屋は狭くて日中は熱気がこもるので、蓮池のみえる下の六畳の間に床をとってもらった。

母が葡萄の鉢をもってくると、桂子は細い腕を十字架のようにひろげて仰臥していたが、天井をみつめたまま、

「このあいだ宮沢先生にお会いしたわ」といった。

「そう。どんなかただったの?」

「お母さまは御存じないの?」と桂子は起きなおって、「まえにうちへ電話をかけてきたこともあるかたですよ」

どうしてそんなことをいいだしたのか、自分でもわからない。ときどき、頭のなかで稲妻がひらめいたり、結びつきそうもないもの同士が突然、凹と凸が合うような工合に結合したりする。病気のときには頭や神経が異常に鋭くなるのかもしれなかった。

電話というのは、四月の入学式の日にかかってきた「間違い電話」のことだった。桂子が出て「牧田です」といったときに「もしもし、ぼくだ」ときこえた声の主が宮沢だったという確信があるわけではなく、宮沢と会ったときにもその電話の記憶は頭の底に埋れたままだったのに、いま不意にそれが遠い稲妻のように光ったのだった。すると頭のなかで鍵穴に合う鍵のよ

うな音をたてて符合するものがもうひとつあり、桂子は三月の嵯峨野で母と一緒にいた母の「情事の相手」が、あの「間違い電話」の主、すなわち宮沢だったのだと決めた。しかし桂子はそれを口には出さずに黙っていた。

「知らないわ」と母は不審そうな顔をした。わざと顔の驚きを消して、愚かしい鈍感さで身を守ろうとしているかのようにみえた。「宮沢さんからお電話いただいたなんて。それで、あなたがお受けしたの?」

「ええ。相手は間違い電話のふりをして切ってしまいましたけど」

母は黙った。桂子は陰険に鎌をかけるようなことをしている自分がうとましくて、口に入れた葡萄も舌に渋味だけを残すようだった。

「電話が鳴っていますよ」と桂子は母を追いたてるようにいった。

「前田さんというお友だちよ。病気で休んでいますといったら、お見舞いにいらして下さるそうだけど、いいの?」

桂子は起きて髪を上げた。白地にあじさいを紺一色に染めだした浴衣に赤い格子柄の帯を締めて応接間で待っていると、船員のように陽灼けして、太い腕をむきだした前田がマスカットをもってやってきた。前田が部屋にはいると、赤く灼けた鉄塊が近づいてきたようで、体も気力も衰えた桂子にはそれがひどくこたえた。

前田は学校のことをいろいろと話したが、「全共闘」の封鎖と、今後予想される前期試験の妨害に対して、文学部の教授会では何か対策を考えているのだろうかと桂子にきいた。桂子は九月になって指導教授の山田にも会っていなかったので答えられなかった。しかし文学部では大学管理に関する立法に反対の署名をしている教授が過半数を占めていることや、クラス討論と称してほとんど授業をやっていない「造反」的教師が数名もいることなどから考えても、現在の封鎖に対して毅然たる態度を示すとは思えないし、当然予想される試験妨害にも無為無策で臨むのではないかと桂子はいった。前田は、そういうことなら自分たちの仲間で夜襲をかけてバリケードを撤去するかもしれないといい、建物に常時閉じこもっている人数は二十名足らずで、武器は屋上に石と空瓶が大量に運びあげられているほか、性能にはあまり信をおきがたい火焔瓶が十本ほどあるが、奇襲をかけて裏口から突入し、白兵戦にもちこめば、攻略は簡単だというような話をたのしそうにつづけた。そのうちにどこまでが本気の話なのかわからなくなり、大量のバルサンでもたいて燻しだしてはどうかとか、逆封鎖をやって兵糧攻めにする作戦とか、他大学の「全共闘」、つまり「外人部隊」に化けて潜入する作戦とか、桂子も一緒になって大笑いしながらひとしきりばか話をした。

桂子はそのあとまじめな顔になって、

「でも、結局機動隊を導入して全員逮捕してもらうほかないでしょう?」といった。

「まあそういうこと」と前田もうなずいた。「それにしても、大学側の決断が少し遅すぎるんじゃないかな。おれの判断だと、休み中、一般学生の少い時期に大掃除をしたほうがよかったと思うけど、あとは前期試験の直前の日曜日くらいがチャンスだろう。それまでに大学側が手を打たなかったら、おれたちでやるよ。なかには、自分も退学になる覚悟だから、やる以上は全共闘のやつを全員かたわにしてやるといきまいてる連中もいる」

「そんなのはいけないわ」と桂子は眼の色を曇らせて、「あれは前田さんたちが刺違えて死ぬ相手ではないわ。薄汚くて腹立たしい蝿みたいな連中ですから、寒くなれば衰えてしまうはずです」

「でも文学部のような便所があるかぎり、年中蝿は発生するぜ」

「それはそうでしょうけれど、元来がお粗末で意気地がない連中ですから、一度大人のほうが本気になって立ちあがれば、ぺしゃんこになると思うの。九月から新しい学長になったし、学生部長の堀田先生もいらっしゃるし、これで文学部長がもっとましなかたと交替すれば、大学としても強い体勢で事に臨めると思います。いまは我慢して機動隊導入の機が熟するのを待っているのではないかしら」

「それは堀田先生からの情報かい?」

桂子は首を振った。

「余計なことだけど、このあいだあんたが堀田先生と元町を歩いてるのをみたというやつがいるよ。全共闘にもその話が流れて、いまやあんたは学生部長専属の女スパイだということになっている。封鎖中の建物の便所にはあんたと学生部長の関係について卑猥な落書きもしてあるそうだ」

桂子は顔が透きとおって怒りの色が輝くようだった。しばらく黙っていたが、

「あの建物を占拠している連中はきっと公衆便所にでも暮しているような気分で、考えられるかぎりの卑猥な落書きをしているのでしょうね」

「連中に一箇月も占拠されたら、まず教室としては使えない状態になるな」

あの麻紀子もそんなところに泊りこんでいるらしいと思っただけでまえに嗅いだ麻紀子の獣じみた匂いを鼻に思いだして、桂子は息が詰った。貧民窟の悪臭を放つ部屋で髪ぼうぼうの垢まみれの男女が獣のようにからみあっている様子が目に浮ぶと同時に、そんなところに棲んでいる精神の荒廃は、それを想像するだけでも心にまで粟粒を生じそうだった。

以前、宮沢三津子の「奥様時評」をきいたとき、三津子が辛辣に批評していたことのひとつに、「全共闘」が膝をかかえて坐りこみ、一見ひどくまじめに事の本質だか「原点」だかに立返って天地をひっくりかえすほどに根元的な問題提起をやっているようにみえるのは、じつは自分の目のまえの現実をみる勇気のない精神の怯懦と衰頽のあらわれにすぎない、ということ

があった。桂子はそれを思いだしながら、しかし自分には、逆に「全共闘」という病める精神の現実にかかわりをもつだけの図太さはないと思った。疥癬にかかった犬はみるのもいやで、それを憎んで打ちのめす気にもなれなかった。

母がマスクメロンの大きな切れを出してきた。前田は蝦で鯛を釣ったようだと恐縮したが、母が引っこむのを待って、

「宮沢さんとはどうなったの」と声をひそめた。

「梅雨の最中に神戸まで行って会いました。お別れすることにしました」

「そういっては悪いかもしれないけど、それでよかったと思うな。気持のほうはすっきりしたかい?」

「気持は別にまえと変らないわ。別れたというのは宮沢さんとはもう結婚しないことに決めたというだけのことです。死ぬまで絶対に会わないとか、いままでの気持を自分で絞め殺さなければならないとか、そんな無理な区切りをつけるつもりはないの。忘れられるものなら長い時間をかけて忘れていくでしょうけど、いまのところはそれも無理なようですね。おなかのアペンディックスを切って捨てるようにはいかないのね」

前田は、自分のような単純な人間には、そんな気持のままで大して苦しみもせずに生きていられる桂子の正体がわからないという意味のことをいった。桂子は弱い微笑を浮べて、

「髪を掻きむしるような苦しみはないけれど、やっぱりこうやって病気になるんだわ。秋が深くなって、このまま体も心も衰えていくのではないかと思うと、さびしいわ」

桂子は前田にメロンをすすめて、自分は何もみない眼をして考えこんだ。

「このあいだから考えたことですけど、わたしが夏のさかりのような勢で生きていくためには、耕一さんがいなくなったほうがいいの。このままあのひとが死んでしまったら、わたしの胸にはいつまでも真夏の太陽のようなものが残るの。殺してしまえばいいんだわ。そんな鬼の心がわたしのなかで歯をむいているようなの」

そういったのはいま頭に浮んだことだったが、口に出しているうちに自分の頭のなかで燃える火のように踊り狂う鬼の姿をみるような気がした。彼岸花の色をした裸の小鬼である。

前田が帰っていったあともその鬼の跳梁が桂子を悩ました。耕一と会って耕一を殺すことを考え、殺す手段まであれこれと案じているうちに、また熱が出たようだった。


夕方から雨はあがったが、十五夜は無月だった。

父と母がそろって京都へ出かけたので、桂子が雨のなかを近所の花屋へ芒（すすき）を買いに行った。芒は益子焼の壺に生け、三方には栗や団子を盛って月見の用意をした。妹たちが一緒に海へ行った従弟や、学校の男友だちを招ぶというので、桂子はリュウマチを痛がっているばあやと二人で台所で忙しい思いをした。夕方、前田の家に電話をかけてみたが、まだ学校から帰っていなかった。母親らしい婦人に伝言を頼んで電話を切ろうとすると、相手は急に親しげな調子になって、

「桂子さんには息子がいつも大変お世話になっております。ああいう無鉄砲な子ですから学校でも何か危いことをするのではないかと心配しておりますが、桂子さんも巻添えを食ったりなさいませんよう、そして武志にもあまり無茶をしないように注意してやって下さいまし」

「前田さんのことですから大丈夫だとは思いますけれど」と桂子はやさしい声でいったが、相手の息遣いにも桂子のような娘を自分の息子の嫁に擬してみたがる年輩の母親が感じられて、桂子は体が温まるようだった。名月の夜、家にいない自分の母親とくらべながら、桂子はやはり今夜は母にいてもらいたかったと思った。

竹の露台で妹や従弟たちはつまらなそうにコーラを飲み、食べるものを食べてしまうと二階の洋間にあがってレコードをかけたりギターを弾いたりした。前田はとうとう来なかった。

十時過ぎに京都の母から電話があった。

「こちらは雨の月よ。今夜は雨の音をききながら奥嵯峨のふじのさんの別荘に泊っているの」

桂子は晴れぬ気分で受答えだけしていた。

南禅寺に近い宿からは、東山の一部なのか、笹垣のむこうに黒々とした樹木が上へ上へと重なって黒い雲に融けているのがみえた。樹木の深い海の底にいるようだった。

三津子は宿の浴衣を着て縁側にしゃがんでいた。何かを待っている姿勢で、体の重みを支えるために強い形をとっている足のうらが白く光っていたが、圭介の近づくけはいに三津子のほうから立ちあがって、

「雨の月も見えないようですわ」と座敷のほうに顔を向けて笑った。「雲の切れ目を、黒い煙に巻かれたような月が険しい顔をして走り過ぎるのがみられるかと思いましたけれど……」

圭介はそういいかける三津子の肩を抱いてやわらかく坐らせた。いつもの竹のようなしなやかな強さが嘘のような、圭介の意志のままに形を変えるやわらかさに心を動かされて、圭介は若い男女がするように頬を寄せたり鼻をすりあわせたり軽い口づけをくりかえしたりした。三津子は眼を閉じたままやさしく圭介の頬を叩いて、

「おかしなひと。どこで覚えたの」とささやいた。

「恋をすると若い恋人同士の気分になっていろんな工夫が出てくるものだ」と圭介はまじめな声で冗談をいった。

「さっきのも悪い工夫なのね」

三津子は顔にあらわれた恥の色をみられまいとするかのように、圭介の顔を自分の反らした

のどに引きよせた。

しかしさっき浴室で女神の恵みの神酒をその肉の壺にじかに口をつけて飲むことができたのは、遊びのなかの工夫というより自然のなりゆきのように圭介には思われた。圭介は以前からそのことを異常な遊びの最後の目的のように思いつめて三津子に要求していたが、三津子もそれだけは承知しなかった。それ以外の異常なことも最近はやめている。正常な交りのあとで力が抜けて口もきけずに圭介のなすがままになっているうちに、三津子は自然に圭介の願いをきいれることになったようである。圭介は降り注ぐ金色の雨をその顔に浴びて至福を味わった。

そのとき三津子は泣いていたようだったが、それは十年近い歳月のあいだに三津子のやさしさが極点にまで熟して石榴のように破裂したのにも似ていた。恵みの雨に濡れながら圭介にはそのやさしさに対する感謝の気持が動いた。それとともに、異常な遊びへの執着もその雨で洗い流されたようである。

「じつをいうと、さっき憑きものが落ちたようなのだ」と圭介は三津子の耳たぶを唇で銜えるようにして話した。「長いあいだ自分には異常な趣味があるものと信じて無理をしてきたのかもしれない。それ以上に相棒のあなたには無理をさせてきた。少くとも三津子にはサディストの性向はなかったんだね。三津子はやさしすぎて自分の快楽のために他人を利用することができない。つまりサディストにもマゾヒストにもなれない人間なのだ。あれを飲ませてくれと頼んでも絶対に承知しなかったのもやさしさのためだろうし、わたしの祈りにとうとう女神の口がゆるんだのも同じやさしさのためだと思う。違うかな」

「困ってしまうわ。わたしはあなたのおっしゃるようなやさしい人間ではありませんわ。さっきのはほんとにとんでもない失態でした。恥しいわ。あなたのいたずらがあんまりお上手だから、つい何もかも忘れて夢中になっていたの。ふしぎねえ。だんだん気を許して図々しくなるのか、近ごろはわたしのほうがあなたの手のままに動いて獣にされていくのが愉しいみたいなの。これはやさしさなんかではなくて、自分でもどうしていいかわからない獣心みたいなもののせいですわ」

「ちがうね。三津子はやさしい。本質的にやさしい人間だ」と圭介は呪文のようにいった。

「文子などとは全然違うのだ」

するど三津子はうすくらがりで眼を光らせて笑った。

「文子さんはあなたにだけやさしくないのかもしれませんよ。宮沢にはやさしいのかもしれませんから御用心なさったほうがよろしいわ」

「そうは思えないがね」

「少くともわたしのほうは宮沢にだけはやさしさが微塵もない女らしいですわ。宮沢がほとほと感心しています。考えてみると、わたしは宮沢の気持をじつに慇懃無礼に扱ってきましたわ。

近づいてくると皮肉の針で刺して追い払うのが得意で」

犬や猫を叩くこともできない三津子が宮沢にだけはやさしさをみせなかったのは、自分のほうから惹かれていったその相手の、自分を惹きつけていたものが自分と共通のある弱さであったということに気づいたときの、自分自身に対する嫌悪があまりに強かったからだろう、と圭介は思った。以前三津子自身もそんなことをいったことがある。そのとき三津子は、宮沢の子は生まないつもりだといういいかたもしていた。

「でも、最近宮沢に対する気持が少し変ったようですわ」と三津子は考え考えゆっくりとしゃべった。「もしもあなたに対してやさしくなれたとすれば、そのやさしさが宮沢のほうにも流れていくようになったからでしょうか。同情だと思われるのがいやで、相変らず皮肉を並べたりからかったりしてはいますけれど、宮沢のほうではわたしの微妙な変りかたがわかるのか、このあいだは、きみはぼくに対してやわらかくなったね、といわれましたわ」

「それはいいことだ」

「本気でおっしゃるの」

「舌に少々苦味は残るがね」

「そんなの、かなしいわ」と三津子は少女のような口調でいって、圭介の腕のなかで身をもがいた。それからとぐろのなかから首をもちあげる蛇のように首を出して、「わたしが宮沢に対してやさしい気持になったということは、具体的には、宮沢と別れる気がなくなったということです、この男とはいつ別れてもいいという気持がいままではあって、それはだれにもいいませんでしたけれど、宮沢はそれをわたしがいつも隠しもっている針だと感じていたんですわ。いまは宮沢とは死ぬまで夫婦でいるつもりです。最近宮沢は教授会と喧嘩して懲戒免職になったのをかえって得意がって、二、三の雑誌に進歩的文化人に悪態を並べた文章を書いたりしているようですけど、もともとそういう子どもっぽいところがいつになっても抜けないひとですわ。当分はどこかの大学教師になるつもりもないらしく、好きな本の翻訳でもして遊ぶそうですわ」

「それはうらやましいことだね」と圭介はいった。「商売の話なら、いまうちでトインビーの論文集の翻訳権をひとつとってあるが」

「相当なタカ派になったつもりでいますから、トインビーあたりでも軟弱すぎてお気に召さないかもしれませんよ」と三津子は笑った。

花野

「全共闘」が文学部の前期試験を妨害したのも予想された通りなら、それから数日後、大学側が機動隊を導入したのも予想された通りだった。桂子にはそれが咲いていた花の寿命が終って散っていくのに似た、自然のなりゆきのように眺められたが、それというのも自分が何かを追っかけたり闘ったりすることに夢中で生きている動物ではなく、むしろ植物のように生きているからではないだろうかと思うのだった。植物の心からみると、動物たちの騒乱の盛衰も、季節の推移と変らない。天の命が革（あらた）まらないかぎり、動物や人間の多少の騒動で「革命」が起きるわけはないという、動かない心が桂子にはあった。

　機動隊の導入があった翌日、正門の外で橋本麻紀子につかまったときも、桂子は夏休みまえのときの怒りを忘れたかのように、しずかに樹の姿をして立っていた。麻紀子は学生証をみせることを拒否して正門を通ろうとしたが、堀田学生部長や事務職員に押出されたのだった。桂子は入れちがいに正門からはいろうとしてその麻紀子にぶつかり、

「恥しくないの、あんた」と決めつけられた。

機動隊のはいった日からロックアウトが行われ、その後正門で学生証の提示を求める、いわゆる「検問体制」のもとで前期試験が続行されていたが、麻紀子は、こういう「検問体制」を認めて学生証をみせることで入構を許可されるのは屈辱的であり、またそのうえ機動隊に守られてまで試験を受けるのは恥知らずだというのだった。

「そうかしら」と桂子は平静な声でいった。「わたしはこういうことになったのは止むを得なかったし、むしろ当然の結果だと思うの。あなたたちもこれは予想していたことでしょう？それだから機動隊がはいったときにも、どこかへ逃げて藻抜の殻だったんでしょう？そしてその日はあなたの仲間は抗議の集会ひとつ開かず、なんとなくこのあたりにたむろして、怯えたように恨みがましいような顔で装甲車を眺めていただけだったわ。これからまだ何かをする気？その気があるのかしら。あなたたちは負けた、というよりむしろ自滅したのだから、もうこの辺でそれを認めて普通の学生にもどるか、学校をやめるかしたほうがいいわ」

「そうね」と麻紀子はいきりたちもせずにいった。皮膚の荒れた、唇までひび割れたような顔で眼をそらしている相手をみて、桂子はふと、写真でみた昔の「夜の女」を思いだした。そし

て麻紀子に限らず、「反体制」の気分をもってこういう運動に加わっている娘の多くは、その「夜の女」と共通の、荒れた険しい顔をしていることに気がついた。麻紀子ももともと暗い不幸な顔をしていたようである。

「そろそろ失礼するわ」と桂子はいった。「きょうは試験はないけど、図書館で調べたい本があるの」

「これからまた、あんたたちはそうやって何事もなかったような顔をして日常性にのめりこんでいくわけね」と麻紀子は非難というより自嘲の調子でいったが、桂子はその「日常性」とか「のめりこむ」ということばの使いかたがつい気に障って、

「わたしが勉強することをあなたたちのことばでは日常性にのめりこむとか埋没するとかいうの？　それなら、あなたたちのほうは物事をそんなふうにしかみられない病気のなかにのめりこんでいるのかもしれないわ」

桂子は皮肉ではなしにそういってから、口だけに浮べた微笑を残して正門をはいっていった。図書館の三階の特別閲覧室に坐ってからもしばらくのあいだ、桂子は、麻紀子の暗い、愛されない顔が気になっていた。

ジェーン・オースティンの小説には不愉快きわまる人物は出てこない。桂子はいまでは麻紀子のことをひどく不愉快な人間とは思っていないが、少くともあのような物の考えかたをする

人間は、やはりオースティンの小説には出てこないのではないかと思った。

午後遅く山田の研究室へ行ったときそのことを話すと、山田はオレンジ・ペコを入れてくれて、「それは要するに未成熟の人物が出てこないということではありませんか」といった。「もっとも、日本の小説はちがうようですが」

それから数日後、正門まえに「全共闘」系の学生が数十人集り、「検問体制粉砕」とか「学園奪還闘争」とかいうことで、スクラムを組んで正門突破をはかったことがあった。これは前田たちが簡単に押返した。「全共闘」系の学生は大通りに出てデモをしたあと坐りこんだので機動隊の規制を受けた。二、三名逮捕された学生もいたが、このときは一般学生の見物も多く、機動隊に拍手と声援が送られた。

突然、女の悲鳴とも喚き声ともつかぬものがきこえて、桂子が人垣から首を出すと、橋本麻紀子が泣きながら、「あんたたち、それでも人間なの」と叫んでいた。そして男の学生を検挙した機動隊員にむしゃぶりついていったが、これは別の二人の隊員に抱きあげられ、わざと丁重に歩道のうえに下ろされた。麻紀子が一層泣き喚くと見物の学生から失笑が起った。桂子は、写真でみた「夜の女」をまた思いだした。検束されてトラックに積みこまれるときの「夜の女」も麻紀子と同じ顔をしていたようだった。

九月も終りに近づくと、残暑の日は次第に少くなって、ことに夜更けの涼気のなかで庭の虫時雨をきくのはさびしかった。さかんに鳴いているのは蟋蟀だったが、昔からの雑木林がまだ残っているこのあたりでは、松虫や鈴虫のほかにも桂子の知らない虫が庭で鳴いているようだった。何年かまえに一度きいた鉦叩の声をききたくて、真夜中や明け方にも耳を澄したが、あの、虫のものとは思えないふしぎな声は、求めているあいだはかえって耳にきこえないのかもしれなかった。

朝晩がしのぎやすくなるとともに、桂子は着物で過すことが多くなったが、前期試験が終った翌日の朝、単の紬を着て駅の近くを歩いているのをみられたらしく、

「白い足袋の動きが目にさわやかでしたね。あれで今年の夏が終ったという、区切りがついた気がする」と、その夜遅く堀田教授から電話がかかってきた。「朝帰りで、駅の近くをタクシーで通ったときみかけたんだが、はっと目がさめるようだった。つまりなかなかの佳人だということです」

「いい御機嫌でいらっしゃるようですのね」と桂子は笑い声になったが、堀田はわざと荘重な声で、

「そう。ゆうべで一応警戒のための宿直も終ったし、いま十日ぶりで奥様とさしむかいで晩酌をやっているわけだ。一度遊びにいらっしゃい。いまからでもいいよ。重大な話もあることだ

し、一度遊びにいらっしゃい」

桂子は、重大な話とは何を話すつもりかと不安になったが、それだけになるべく近いうちに、と約束する気持にさせられて、次の日曜日の午後、堀田の家を訪ねることにした。

三津子と会ったときに着た紬を着て、花屋に寄った。桂子自身は赤い花をあまり好まないので、いまごろなら桔梗を、と思ったが、竜胆（りんどう）のほうに秋の色が深いような気がして、やや形の大きいえぞりんどうを買った。

堀田の家には以前耕一に連れられて二度ばかり遊びに行ったことがある。桂子の家から歩いても二、三十分で行けるが、遠く感じられる秋の陽ざしでも、日中の着物姿にはまだ暑いので、桂子は駅前で車を拾った。坂をのぼるあたりから記憶がもどってきた。高い松に囲まれた風変りな礼拝堂のある教会が目印である。教会の横の空地に咲き残りの彼岸花がひとむら傾いて生えているのは奇妙な感じだった。

堀田の家の広い敷地には桔梗の庭ができていた。

「桔梗にしなくてよかったですわ」といって桂子は堀田夫人にえぞりんどうを渡した。堀田と横浜へ行った日に正門の菩提樹のところでみかけた四十過ぎの婦人がこの堀田夫人なのだろうかと、桂子は最初とまどったが、やはりそうのようだった。まえに耕一とここに来たときには、二度とも夫人は所用で外出中とのことだったので、菩提樹の下でのを除けばこれが初対面だった。

桂子は庭のなかば以上を占める桔梗の花壇に目をやって、

「まえに大徳寺の芳春院のをみたことがありますけれど、こうして庭中に咲いているのは好きですわ」

「芳春院の桔梗の庭は、下の苔の色がいいんですけれど、うちのは土がむきだしでお粗末ですわ」と夫人はいった。

「こんな草茫々みたいな庭に、そういういわれがあったのかね」

夫人はエプロンのまえで指を組んだまま黙って笑っていた。よくみると、まえに桂子がそう思ったほど宮沢三津子に似ているわけではなかった。光の強くない家のなかでは夕暮の夕顔の白さにみえるが、日ざかりの街に出るとその白さが輝いて人目を惹きそうな女だった。

「ところできょうの大事な話というのは何だと思いますか」

堀田はその強い光のある眼で桂子をみつめて謎をかけるように笑った。

「お見合のお話ですか」と桂子も口を閉じたまま笑って堀田の眼をみつめた。

「あなたみたいに勘の鋭いひとはどうもやりにくいね」

「別に勘がいいわけではありませんわ。このあいだお電話でおっしゃった『重大な話』というのは何だろうか、それに横浜へ連れてっていただいたとき、山下公園のベンチでおっしゃった

『まじめな話』とは何だったのかと、興味津々で、いろんな可能性を考えめぐらしてみたんですわ」

「なるほどね。しかしきょうの話と、横浜で話そうとしてやめた話とは、一応別ですよ。横浜の話はなかったことにしましょう」

堀田が夫人を呼んで何やら合図したのは、見合用の写真か何かをもってこさせるつもりなのだろうと桂子は身構えたが、すぐに夫人がもってきたのは酒器や小鉢を並べた盆だった。

「ゆうべのように女房をまえにして晩酌をするのも悪くないが、年頃の若いお嬢さんをまえに坐らせて飲むのもいい気分でしてね。これは紹興酒です。このあいだ家内とはじめて中華街へ行って買ってきた」

堀田は「はじめて」というところに力を入れて、口の端で笑ってみせたが、桂子には、自分が堀田と横浜へ行ったことを夫人に内緒にしなければならないのは、かすかに気持の負担でもあった。

「ところで今度の話は、最初にお断りしておかなくてはいけないが、少々型破りなやりかたで進めさせてもらいますが、いいですか」と堀田は話しはじめた。「十月の中旬に、双方の御両親にも御出席いただいてお見合をしていただくのは型通りですが、じつはあなたには相手の氏名、経歴、写真その他、具体的な情報は一切さしあげないことにする。ともかく黙って会ってもらいたい、ということです。会って話をしてみれば万事わかります。人物についてはわたしが保証します、といってもいいが、むしろわたしを信用しなさい、黙ってわたしのいうことをききなさい、といったほうがいいな。まえにあなたはおもしろいことをいった。心を許した人間のいうことなら、何も考えずにそれに従うのがうれしいとか、猫になってわたしの膝にあがってどうとか、たしかにきいた記憶がある。それできょうはこうして命令しているわけだ」

桂子はきつい眼を堀田に向けていたが、心が決まるとその眼を笑いに融かして、

「わたし、猫になりますわ。先生のおっしゃる通りにしますわ」といった。

「まだ先がある。お見合をしたら、この話を決めてしまいなさい。あるいは、決めるつもりでお見合をしなさい、ということだ」

「あなた、そんな無理なことをおっしゃっては」と夫人が困ったようにいった。

「立派な男だよ。牧田桂子も立派な女だから、あの男のよさがきっとわかるはずだ。酔っぱったからいうわけではないが、この堀田夫妻に劣らぬ第一級の夫婦ができあがる」

「困りましたわ」と夫人は顔を翳らせて桂子に笑いかけた。「お気がすすまなければ、お見合そのものもお断りしていいんですのよ。いくら型破りでも、これでは少し度が過ぎますわ」

「これはいつになく造反的なことをいうが、ほんとうはわたし以上に乗気なのだ。わたしとしても充分慎重を期して、相手の収入、財産や家族、家柄のことまで興信所並みの情報は一応そ

ろえてある。そういう条件の面では、この相手は、かりに近頃の若い娘が計算ずくで考えたとしても、中分ないと思う。興味があるなら詳しく話しますが」

「大いに興味はありますわ」と桂子はいった。

堀田は手帳をとりだしたが、相手の正体がわかることを恐れてか、いろいろの数字を並べたほかは、結局抽象的なことしかいわなかった。年齢も職業も出身地もわからない。

「わたしの知っているかたでしょうか」

「いまのところ、ノー・コメントといわざるをえませんね」

「ひとつだけおききしておきますけど、まさか宮沢さんではありませんね。それならこのお話はこの場でお断りしなければなりませんわ」

「宮沢耕一君？　ちがいますね。まえにもいった通り、あなたと宮沢君との結婚に関しては、わたしは依然として反仲人です」

それで安心しました、といいかけて桂子はいうのをやめたが、最初、この芝居がかった見合の話は、ひょっとすると、事情が変って桂子と耕一の結婚に反対する理由がなくなった親たちが、堀田に頼んで今度はそんな筋書で二人を結婚させようとするためのものではないか、と桂子は想像したのだった。

「それでは、例の『まじめなお話』のほうは、宮沢さんとの件に関係があったのですね」

堀田が多少酩酊しているのと、夫人が奥に引っこんでいるのとをみすましたように、桂子はそのほうの話もききだそうとした。

「今度の話を承知して見合をする気にもなってくれたのだし、いまさらそれをいう必要もないことですがね。ただの蛇足である以上に有害であるかもしれない」

「でも一度はおっしゃるおつもりだったのですから」

「あなたは宮沢君と結婚してはいけないといわれて、その理由をきかずに諦めることにしたのでしょう？　それだからいまになって理由を知ることは蛇足だというのです。そんなものはいわば irrelevant な information ですよ」

「そうでしょうか。わたしといたしましては、それを知ってすでに決心したことを変更するつもりはありませんけれど、それだけに蛇の足がどんな形をしているのか、好奇心のためにも、ぜひとも知りたいと思います。元町のソフトクリームのときと同じですわ。"I must! I must!" ですわ。あくまで意地悪をなさるなら、わたしも先生のおとなしい猫にはなれないかもしれないわ」

「その理由については、あなたのことだから想像力というものを使っていろいろと考えてみたことがあるでしょう？　たとえば二人がじつは兄妹であるというケースとか。そういうケースだと、御両親やわたしが反対だからというより、二人は結婚できないから結婚できない。まえにもわたしは、この結婚はできませんといったはずです」

桂子は、あのときも《nil admirari》という呪文をくりかえしながら微笑を浮べていたことを思いだしたが、今度はさすがに顔は木彫の人形のそれのように堅くなったままだった。深刻な衝撃を受けたというよりも、かつてないほど想像力を刺戟することばを注射されて、体が熱く痺れているあいだ、少しぼんやりしていたようである。その痺れがひいていくと、頭のなかで、それまではばらばらにちらばっていた材料がひとりでに結合して整然とした城のようなものの形をとって立ちあがるのがわかった。

桂子は眼も口もゆるめてほほえんだ。笑うべき場合ではないと思ってそれを抑えようとしたがむずかしい。それは何かをやっと了解したときに思わずにじみでてくる微笑で、堀田にも桂子のそんな反応は予想できなかったようである。

「何がおかしいの?」と堀田は眉のあいだに皺を寄せて、「そういう落着いた笑顔をみせられるとかえって気持がわるい」

「大きな口をあけて狂ったように笑いだすか、泣きくずれるかしたほうがいいのでしょうか」と、桂子ははじめて抗議するようにいった。「わたしがそれほど驚かなかったのがお気に召さないのですか。でも、先生のおっしゃった『たとえば』のケースの可能性については、わたしも考えなかったわけではありません。八月の下旬に海へ行ったとき、充分すぎるほど暇があったおかげで、ありとあらゆる碌でもないことを考えてみましたわ。あまり健康なことではないかもしれませんけど、そうしておいたほうが、何が起っても仰天したり狼狽したりしなくてすみます。でも、このことにはもっと早く気がつくべきでしたわ。わたしはずいぶんぼんやりと生きていたわけですね」

「わたしはあくまで『たとえば』でいいんですわ。それで、たとえば耕一さんとわたしが兄と妹だとして、その場合、父が同じだと考えたほうがいいでしょうか」

「そのほうが実際にはありそうですね」

「わたしの父は宮沢裕司ですね」

堀田は答えなかった。

「わたし、このあいだ丸善で父と会いました。父は娘のわたしに出会ったことで《in a mess》の状態でしたわ」

「その話はききましたが、そんなに父、父と連発してはおかしいですね」

「このラベルが似合うかどうか、ためしに貼りつけてみたんです。でもそれより、耕一さんに兄というラベルを貼ってみるのが先でしたわ」

桂子はやはり不自然に昂っていたようだった。興奮していろんなことを口走る患者をもて余

している医師のような顔をしている堀田に、

「でもこのこととお見合の話とは別ですから、これはこれとして、先生の御期待を裏切るようなことはいたしませんわ」と自分から念を押すようなことまでいい残すと、桂子は夕食の誘いを辞退して陽の落ちかけた坂道を下りていった。


見合には雁来紅を手書きで染めあげた附下げを着ていくことにした。花屋で色の深くなった葉鶏頭をみかけてその考えが浮んだので、家に帰ると早速簞笥から出してみた。さまざまの調子の赤をぼかして染めあげたのは残暑の炎のようで少し暑苦しいようにも思えたが、年の割には地味なものや渋味のあるものを着たがる桂子が、明るい炎に包まれて見合に行く気になったのを、母もよろこばしいことと思ったようで、

「やっぱりこれになさい。はなやかだけどけばけばしい感じは全然ないわ。ただ、これに合う帯がないわね」

帯は母にまかせて買ってきてもらうことにした。

それが例の話をもってはじめて堀田が桂子の家に正式に訪ねてきた土曜日のことで、父と母が二、三十分応対したあと、そういう話になっていたのか、父は堀田を誘って箱根へ泊りがけのゴルフに出かけた。

「お父さまもお母さまも、まえからこの話をきいていらして、ほんとうは相手のことも御存じなんでしょう？」と桂子はいったが、

「知りませんよ。大体、お見合の席に出てみるまで相手がどなたでどんな御職業のかただかもわからないなんて、型破りすぎます。でも桂子がそれでいいと承知してしまったそうだから、わたしたちもそれなら、というだけのことです。勿論、堀田先生がお世話して下さるかただから、おかしなことにはならないと思いますけど、お会いしてみて、いやだったらいやとはっきり申上げなければいけませんよ」

「お断りするかもしれないのなら、最初からこのお見合には出ませんわ」と桂子にきっぱりといわれて、母は目をそらしたまま息を詰めているようだった。怒ると体をふくらました鳥のようになるのだわ、と桂子は思って母にみえないほうの肩をすくめた。

「お会いするまえからそんなふうに態度を決めてかかっていたのではお見合にならないでしょう。あなたも、これまで自分の思うようにならなかったことがあったからといって、あまり軽率なことをしてはいけないわ。今度のお話があったのでまだあなたには話さなかったけど、このあいだから二、三、ほかの話も来てるのよ。できたら、堀田先生にお返事するまえに、そちらのほうもお見合だけはしてみたら？」

「比較検討したうえで、というわけですね」

桂子の声が鋭くなったので母は黙った。それから気をとりなおしたように、着物をたたみながら、

「今度のお見合のかたは、どんなお仕事のかたかしら。堀田先生の御紹介だから、法曹界のかたか、官庁関係のかたでしょうか。大蔵省あたりだといいけど」

桂子はぐずぐずした調子でそんなことをいいはじめる母に容赦できない気持になって、「お会いしてみるまでは、そんなことをいくら考えてもしようがないでしょう」と、断ち切るようにいった。

母が父とは別の男の子として自分を生んだのだと信じてから、桂子は以前より母に対して気が短くなったようだった。これは堀田からの影響かもしれないと桂子自身は思っていたが、ときどき母に対しては、心の働きかたが男にもめったにないほどきびしくなり、自分よりはるかに愚かで小さいものをありのままに観察している自分に気づくのだった。憎しみではなくて軽蔑が桂子を冷酷にした。母の過ちをただの愚行とみる心には、憎むとか許すとかいう気持も動かない。

桂子はこの問題では母を追及して告白を迫ったりするつもりはなかった。それは堀田の家から帰る途中、古い木造のコーヒー店にはいって気をしずめたときに決めていたことで、そのとき桂子は、思わず生クリームの沢山はいったコーヒーを註文してしまってから、ほとんど口も

つけずにしばらく放心していたのだった。気がつくと、壁に掛った卵形の鏡のなかに自分の顔が映っていた。心が自分の内側へめくれこんでいくときに人間がみせる、他人にみられていることも考えない、陰惨な顔だった。その自分の顔に対する嫌悪が桂子の姿勢を立てなおさせたようで、何も大騒ぎをするほどのことではないわ、と桂子は思った。耕一と自分が同じ男を父に生まれたかもしれないという問題に関しては、自分からは一切騒ぎを起さないことに決めた。勿論、母にもいうつもりはなかった。

朝、出がけに堀田から電話があった。桂子は研究室の五階へのぼっていったが、屋上に通じる階段にみえた人かげが堀田のようだったので、桂子も屋上に出た。

「先生」と桂子が近づくと、堀田は銜えていたタバコを指に移して振りむいた。

「変なところへあがってきましたね。人目を忍ぶあいびきみたいだ」

桂子は笑いながら、

「きょうは秋らしい鰯雲ですわ」と空を仰いだ。

「鯖雲というんじゃないの?」

「鯖雲ともいいます。秋の巻積雲ですわ。でも、鯖より鰯のほうが、鰯雲大いなる瀬をさかのぼる、という気分になりますわ」

「夏の、雲の峰のときは、水なき川を渡りけり、でしたね」

「だれかの句ですわ」といったが、桂子は堀田がそれを憶えていたことに感動して、思わず堀田の肩に頭をすりよせそうだった。堀田はその桂子の頭を避けるように、先に立って研究室へ下りていった。

堀田が桂子を呼びだしたのは、ひとつには見合の席と時刻のことをいうためだったが、桂子はその料亭の名前をきいたとき、それが梅雨のころ三津子と会った料亭であることにもあまり驚かずにうなずいた。一度行ったことがある、とはいわないでいると、堀田のほうから、

「お父さんのよくお使いになる店らしいが、あなたも行ったことがあるでしょう」といわれた。

「宮沢さんのお母さまとそれこそ人目を忍んで会ったことがありますわ」

「そうでしたか」

「先生は御存じですか、あのかたは耕一さんのほんとのお母さまではないことを」

「知りませんよ」と堀田はその検察官風の眼を大きくした。「いろいろと複雑なことですね」

そういってから、堀田は思いだしたように立って行って、机のうえから大判の絵葉書のはいった袋をもってきた。

「きょうはこれを渡すつもりだった」

耕一の字で桂子の宛名が書いてあった。

「最近宮沢さんとお会いになったんですか」

「きのう突然この研究室にやってきました。何をしに帰ったんだときくと、会社の女の子たちを連れて信州の高原へ懇親旅行に行って、そのついでにもう一日余分に休暇をもらって東京に寄ったのだそうです」

大阪に勤めてからも、そういうときには何気なく電話をかけてきては桂子を驚かしたものだったが、今度はその電話はなかった。桂子は胸が騒いだが、ちょっと鋭い笑いをみせると、

「兄は元気でしたか」といった。

堀田は桂子のいいかたを不謹慎な冗談ととったのか、笑いもせずに、

「元気は元気でしたがね」といったまましばらく黙りこんだ。桂子はおかしなことをいったのを恥じて身のちぢむ思いをした。

「たとえば、菜穂子のいるサナトリウムへ訪ねてきた明、という感じがありましたね。ただし宮沢明は牧田菜穂子にはとうとう会わなかったらしいが」

「何か、自分では気がつかない病気にでもかかっていたのでしょうか」

「そんなことはないでしょう。ただ、思いつめてここまで来たら、神経が灼けて熱っぽい病人にみえたというだけのことでしょう。あなたがわたしの仲人でお見合をしてその相手と結婚することになるかもしれないということは、わたしからいっておきました」

「有難うございます。そのほうがよかったんですわ」

「これも反仲人の務めですよ」

そのほかのことも耕一に話しただろうか、と桂子は気にかかったが、例の兄と妹の問題については、堀田が話したほうがよかったとも思えなかった。少くとも桂子自身の口から耕一にそれを話す気はいまのところなかった。

研究室の建物を出たあたりで、桂子は、耕一のほうはもっとまえからそれを知っていたのではないかという考えに襲われて、何かに衝突したかのように立ち止った。知っていたために、耕一は桂子に対して男が女にすることをしなかったのではないか。多くのことが無理なく説明できるこの仮定を採れば、しかしそこからはもうひとつの結論も出てくるのだった。耕一は、知っていて妹であるかもしれない桂子の唇を奪い、桂子を自分の恋人にしたことになる。その考えは、頭に宿っただけで恐しかった。

絵葉書は高原に咲く花のカラー写真で、なかでも目を惹いたのは色とりどりの花の咲き乱れたなだらかな山の斜面だった。封筒に耕一の字で、「花野にて」と書いてあるその花野がこれなのだろうか。現実の風景とはみえなくて、もし耕一がこんな風景のなかを歩いていたとしたら、極楽へ行く人を見送るようだろうと桂子は思った。桂子にとって花野が明るくてさびしいのは、まえに、花野を行く行列のなかに自分がいて、それが葬列であることに気づいたときは自分ひとりになっている、という夢をみたことがあるためだった。その夢のなかの花野には、桔梗、女郎花（おみなえし）、野萩や野菊、竜胆などのやさしい花ばかりが咲いていたが、絵葉書のほうは、近景をみると、マルバダケブキやハクサントリカブトのような大きくてたけだけしい草も生えているようである。

桂子は絵葉書の礼を書こうとしたが、気持が乱れているのでことばがつづかなかった。

もしも耕一が、桂子を妹かもしれないと知ったうえで恋人にしていたとすれば、と仮定してその耕一の心を想像すると、桂子はいままで知らなかった強い力で乳房をつかまれるような感覚をおぼえ、自分を失いそうだった。つかまれているのは肉ではなくて心であるような気がする。はっきりしない恋人同士であったあいだは抱こうとしなかった気持が、耕一に向って動きはじめたようだった。

妹と知って恋人にする男の心の厭わしさが桂子の心をつかむのか、むしろそんな病いに狂うほども自分に心を向けてくれる、その男の心に心をゆだねたいと思うのか、おそらくその両方が融けあって桂子の気持を乱しているらしい。

いつのまにか、二人に分れた桂子のうちのひとりは愛ということばに憑かれていた。あるいはこのことばの毒に融けていたともいえるようで、もうひとりの桂子はそれを憂えた。理性ということばを頼みにして、強く帯を締めるようにして、まっすぐな姿勢を保とうと努めていた。

高い天に秋の光が満ちている快晴で、午前中髪を結いに行った帰り、近所の家の庭で金木犀と銀木犀が匂っているのに気がついた。

雁来紅の附下げに母が見立てたくすんだ金色の袋帯を締めてみると、全体は、やわらかい炎が白い刀身の桂子を包む感じになった。念入りに化粧をしたときの桂子は、眼が一段ときらきらするようで、

「何だかあなたの眼はずいぶんきついようね」と母が心配した。「眼の色を少しやわらげないと、初対面の男のかたは恐れをなすかもしれないわ」

母の眼は、年とともに小さくなり、眼尻のほうが下っていくようだったが、若い桂子の眼は大きくて眼尻のほうがあがり気味である。

「こうしてみると、やっぱり桂子はずいぶん気性の烈しい子のようね。竹をそいだようなところがあらわれるわ」

「そうかしら」と桂子は姿見のなかの自分を眺めながらいった。「少し痩せて顔が尖ったせいかもしれませんわ」

桂子はやはり自分のことにしか頭が働かないのか、母がどんな着物を着ているかにも気がまわらなかった。家を出るときになって、見合にはやはり訪問着がよかったのではないかと気にかかりはじめたりした。

「大丈夫ですよ。堀田先生の奥さまからも御注意があったけど、あまりフォーマルでない感じのほうがいいとのことだし、場所も地味なところですからね。先方はお父さまだけらしいわ」

母親のほうは十年ほどまえ亡くなったとのことだった。それもあって、桂子のほうも出席するのは母だけになっていた。堀田教授も夫人のほうは出さないことにしたので、集るのは全部で五人である。

桂子たちは定刻より十五分ほど早く着いたが、部屋に通されるとき、相手方と堀田はさらに早くから来ているらしいことがわかった。しかし母は落着いていて、桂子を促して化粧室にはいった。緊張しすぎて、いつか橋本麻紀子に唾を吐かれて怒ったときのような顔になっているかもしれないと思ったが、自分ではいつもの顔と変らないようにみえた。

「大丈夫ね」と母の顔をみたが、母は、

「大丈夫よ」と桂子の髪に軽くさわって、「でも少しは笑わないと駄目よ」といった。

「最後まで一度も笑えないかもしれないわ」と桂子は笑った。

廊下のむこうに恰幅のよい六十前後の和服の紳士と立話をしている堀田をみて桂子は目礼した。紳士は先方の父親かもしれないと思ったが、頭は丸坊主に近くて、ふと桂子は、それが僧侶ではないかという気がした。そのとき、頭のなかに閃くものがあった。

「どうしたの?」と母は立止った桂子を促した。

「ちょっと、思いあたることがあったの」

「何のこと？」

桂子はそれ以上答えずに、女中の案内で部屋にはいった。

堀田と話していた山田助教授が膝を正して桂子をみた。

「これは驚きました」と山田はいって、多少驚いた顔をみせたが、桂子のほうは口がゆるみかけるのを抑えて、目を落したまま坐った。

堀田が型通りに紹介して挨拶を交しあったあと、いたずらっぽい眼で桂子と山田をみくらべながら、

「じつはこの牧田桂子さんは山田さんの指導学生でございまして」

「なるほど、そういう仕掛けでしたか」と山田の父が笑いだした。

「桂子さん、きょうは山田さんのことを先生と呼んではいけませんよ」と堀田にいわれて、桂子は、

「ある時が来るまでは山田先生は先生ですわ」といった。このいいかたで桂子は心を決めたつもりだった。あとは心がやわらかくほぐれて鋭く自在に動くようになり、終始微笑を浮べながらほかの人間の心の動きを追うことができた。

山田の父は自分が僧侶らしくみえるのを気にして、もう少し髪が伸びていたら桂子に見破ら

れることはなかったのに、といった。

「きょうの相手のかたのお父さまがお坊さんだと思ったときに、山田先生のことが頭に閃いたのか、それとも相手のかたが山田先生ではないかと心のどこかで想像していたので、お父さまをおみかけしたときお坊さんだと気づいたのか、どちらともわからないようですわ」

「桂子さんは大変勘の鋭いかたですよ。日ごろから感心しています」と山田はまじめな顔で桂子の母に説明するようにいった。

「あなたのほうはきょうのお相手がだれだか想像がつきませんでしたか」と堀田にきかれて、山田は否定した。

「わたくしはいたって想像力が鈍いほうでして、さっき牧田さんがはいってこられたときは、たまたまこの店に来てらっしゃってわたくしをみかけたので、卒論の話でもしにみえたのかと思ったほどです」

桂子の母がおかしそうに笑った。山田に対しては好印象をもったらしかったが、桂子も母がこういう席でみちがえるほど端正にみえるのをうれしく思っていた。やはり長いあいだの茶席での挙措が自然にあらわれるのだろうか。山田のほうも、親子そろって体が大きくて、それほど堅くなっている様子はないが、重々しい不動の姿勢を感じさせるのは、二体の仏像が並んでいるようでおかしかった。堀田がひとりで忙しそうに飲んだりしゃべったりしているようにみえたが、そのうち山田の父もウィスキーを註文して、これも上機嫌にグラスを重ねた。堀田の相手をして山田は酒のほうを飲み、桂子と母も、二、三杯飲んだ。

見合の席らしい窮屈な話も出ないまま、男たちはよく飲んで、二時間ほどで終りになったあと、堀田は山田の親子を誘って近くのホテルのバーで飲もうといった。

「山田君は連れていきますよ。いまさら、お見合のあとは二人だけでデイト、という気にもならないでしょう」

山田の父は気にしていたが、桂子の母は、

「そのほうがよろしいようですわ。女子どもはこの辺で退散いたしますわ」と笑った。

桂子と母が車を呼んでもらって乗ろうとするとき、堀田が桂子の耳もとでいった。

「山田君をあなたと見合させてくれとぼくにいってきたのは宮沢さんです。詳しいことはいずれまた」

風が乾いてさびしくなると、桂子の好きな柿の色も深くなった。桂子は普通の温州などの蜜柑はそれほど好きではないが、店頭の蜜柑の山のわきで、夏のあいだに少し太陽を吸いすぎたせいで酔ったような色をして並んでいる柿の、歯に硬くて柔かいほどの熟し工合が好きである。

岐阜の田舎にいる父の知人が今年も富有柿を一箱送ってきたので、桂子はそのなかから形のよいのを籠に詰めて、堀田の家にもっていった。

「どうですか、大体の気持の方向は」と堀田にいわれて、桂子は、

「わたしのほうは最初から決っています。山田先生次第ですわ」

「先日、山田君のお父さんを通じて内意はうかがいました。もともと、あのお見合は山田君のほうが望んでいたものですからね」

堀田の説明によると、山田は桂子と結婚する意思があって、その恩師の小堀という教授のところへ仲人の件で相談に行ったという。その話を小堀の友人である宮沢が偶然きいて、堀田に仲人を引受けてくれないかと頼んできたというのだった。

「たまたま、法学部で来年度から宮沢さんに来ていただく話が進んでいて、九月以来二、三度お会いする機会があったものですからね」

桂子は頭のなかで、父がわたしの大学へ来るのですか、とつぶやいてから、

「文学部ではなくて法学部にですか」と、それだけを声に出した。

「文学部だけはお断りだそうです」

桂子は突然、なぜ宮沢さんは御自分で仲人を引受けなかったのですか、といいかけてやめた。しかしそういうことをいって大人を困らす子どもの意地悪さが自分でも舌に苦く残るようだった。

「わたしがひとつだけ気になったのは、山田君が自分の教え子と結婚するという点で、これはたしかに普通ではないことです。山田君にそれをいってみたら、たしかに自分もそう思うが、牧田桂子という娘は、たまたま自分の指導学生だったのが不運だということで見逃すには勿体ないので、あえてお願いする、というようなことをいっていました。それで牧田桂子はこの話に首を縦に振ると思うかときいてみたら、受けてもらえなければしかたがありません、と笑っていた。まんざら自信がなくもない様子でしたよ」

「山田先生から申込みがあればお受けいたしますと、まえに申上げてあるんです」と桂子は意味ありげに微笑した。堀田は桂子の話をまともにとったらしく、

「そんなことがあったのですか。二人とも相当なものだ。直接取引をしていたと知っていたら、あんなおかしな策を弄することもなかった」と笑った。

堀田の研究室にはいるときには、いきなり抱かれて接吻されるかもしれないという用心のような心の構えが必要だったが、山田に対してはその必要がないようだった。何事も手順を踏んで処理していく人間だから、と山田は自分でもいっていた通りに、やがてその父と一緒に堀田の家を訪ねて正式の返事をしたことも、

「もう堀田先生からおききになったと思いますが、わたしのほうは一昨日堀田先生に正式のお

返事をしました」と、卒論の話のつづきのような調子で報告するのだった。そんな話をするときの山田は、桂子を自分の学生とは別の資格の人間として扱うつもりなのか、桂子にも敬語を使った。

「わたしのほうは、中旬ごろまで待っていただきたいと思います。わたしの気持は決っていますけれど、なお各方面との折衝や了解のとりつけなどございますから」

桂子がわざと政治家のような口調でそういうと、山田のほうもまじめくさった顔で、

「結構ですとも。わたしのほうは別に急ぎませんから充分慎重にお考え下さい」といった。桂子はこの相手とではこれから笑わされてばかりいるのではないかと思いながら、懸命に笑いだすのを抑えていた。

構内の銀杏や桜の葉が落ちはじめると、桂子も卒業論文のまとめかたではほかの学生と同じように頭を痛めはじめていた。例年十一月上旬に行われる大学文化祭も、今年の桂子には余所者がみる土地の祭のようだった。それに機動隊がはいったあとは、「全共闘」の自虐的な「解体宣言」の立看板が出たくらいで、この文化祭を利用して左翼学生が巻き返しをはかるけはいもみえなかった。

三日間の文化祭では「模擬店」ばかりが目についた。桂子は前田と展示をみてまわったが、堀田学生部長や学長と顔を合せ、学生のバンドがボサノヴァを演奏している屋外の喫茶店でコ

ーヒーとホットケーキを御馳走になった。

文学研究会の屋台に、エプロン掛けで玉蜀黍を売っている麻紀子の姿をみつけて、桂子が堀田に、

「あれ、橋本麻紀子です。元全共闘のなれの果てですわ」というと、前田が、

「あの連中もこうして日常性に埋没しちゃったわけさ」といった。

学長が、

「いや、あれは資金稼ぎのための商売かもしれませんよ」と笑った。それから屋台に近づいて、

「なかなかうまそうじゃありませんか。四本ばかりいただきましょう」と註文して焼けあがったのをまず桂子の手に渡してくれた。

橋本麻紀子は居心地悪そうに学長や堀田から目をそらしていたが、やがて観念したように、

「毎度有難うございます。明日もどうかよろしく」といって笑った。長く垂らしていた髪をいまは清潔に上げているのが桂子にはうれしかった。

「これ、冷凍のをもどして焼いてるんだろう。それにしては高いぜ」と前田が文句をいうと、麻紀子は澄して、

「何しろ物価高のおりでございまして」とやりかえした。それから桂子を手招きして、

「さっき佐々木が本館の裏をうろついてたわよ」と耳打ちした。香水の匂いがした。

「佐々木君が？　でも、このあいだまで一緒にやってたんでしょう？」

「あたしたちとセクトがちがうのよ。あいつは警察で洗いざらいしゃべって、このあいだ保釈になってるの」

「きょうは何しに来たのかしら。とっくに退学にもなっているんでしょう」

「わからないわ。でも彼のセクトは内ゲバで潰されたから、学内ではもう何もできないはずよ。それより、下手をすると彼、リンチに会うかもしれないわよ」

「有難う」

桂子は屋台を離れてから堀田にそのことを耳打ちした。

文化祭の終った翌日は休日だったが、桂子は山田の研究室へ出かけていった。

「最初考えていた、『ジェーン・オースティンのユーモアについて』という題でまとめる自信がなくなってきました」

「いまから題を変更してもいいんですよ」

桂子にはそのつもりはなかったが、沢山読みすぎて、頭が混乱しているようだと思った。

「集めた材料をどこかに使おうなどと、あまり欲を出さないで、この辺で一度忘れてしまったほうがいいのです。それから自分の頭で考えはじめてごらんなさい。必要なものは考える材料のなかに自然にはいりこんできますよ」

それから山田は、桂子にギリシャ人が考えた四種の体液のことを知っているかとたずねた。

「blood、phlegm、choler、それにmelancholy の四つですか。ユーモアが体液のことだとわかったので、調べてみましたわ」

「あなたはどの体液が多いと思いますか」

「わかりませんわ。曖昧な人間のようだと自分では思っています」

「四つのバランスがとれているんでしょう。どれかひとつだけ多すぎてはだめですね。わたしなんかphlegm がいくらか多い。ともかく、四つのバランスがとれて体液が豊潤であれば、ということは健康で正常な人間なら、当然、have a good sense of humour であるはずで、ユーモアを欠いた人間などは、本来病人の一種なのでしょうね。ジェーンには病人臭さがまるでないでしょう」

「人間を観察するときの余裕も、その体液の豊かさから来るのでしょうか。あの皮肉なみかたをする眼にしても、自然科学でいうindifferent observer の眼とも違うし、ただの相対主義者のみかたとも違うようですわ」

「たしかに違いますね。ジェーンには大変に堅固な背骨にあたるような、不動の倫理がある。それからさっきの余裕の問題ですが、ユーモアのある文学では、作者は自分の知っていることだけを書いていて、知らないことについて知ったかぶりをしませんね。したり顔というのはどうみてもユーモアの反対物です。それともうひとつ、もっぱら自分を表現したいという欲で動いている人間が書いたものにはユーモアが欠けていますね。自分のなかに何かどろどろしたものがあるとか、それをぶちまけたいとか考えるよりも、まず外にいる人間を観察するほうが大事でしょう」

栂ノ尾の紅葉をみに行く話をすると、父は簡単に賛成したが、これは妹たちには黙っていたほうがよいというので、桂子は父と母が不昧庵の開炉の茶に出かけるときに一緒に京都へ行くことにした。

「三人で清滝に泊ろう」

「ここ数日京都のほうは冷えこむそうですから、また湯たんぽを入れてもらうことになるかもしれませんわ」と桂子は三月のときを思いだしながらいった。それから思いだしたことのついでのように、「京都へ行ったら、耕一さんに一度会っておきたいわ。花野の絵葉書のお礼もあるし、もう長い手紙を書く余裕もありませんから、会って、わたしの結婚の話をしておきたいんです」

「それでは、おまえだけまた神戸にでも泊るかね」

「耕一さんとまた六甲山にでも泊ると、幾晩泊っても足りない話がつづきそうですわ」と桂子は父を脅すようなことをさらさらといって、「でも今度はただの報告だけですわ。了承したというしるしにキスくらいするかもしれませんけど」

「おまえの冗談には閉口するね。何を考えているのかわからないな。耕一君はおまえからそんな話をきいてよろこぶのかね」

「わたしだってそれをいうときはかなしいわ。きっと、地が割れて吸いこまれてしまえばいいと思うでしょうけれど、耕一さんも同じで、でもそれで二人とも別に気が狂うこともありませんわ」

この話は父だけにして、当日、大津を過ぎたあたりで、桂子が京都では降りないけはいをみせると、母は顔を堅くした。

「まあいいじゃないか。桂子もばかではないからしたいようにさせておきなさい」と父がなだめた。

「それでは明日の正午に天竜寺のまえで」と桂子は母の荷物を渡した。

「ひとりで、泊るの?」

「耕一さんとは泊りません」といって桂子は列車の出口まで母を押すようにして行った。

土曜日の昼まえで、耕一は早めに食事にでも出たのか、席にいなかったが、桂子は電話に出た女の事務員に父の出版社の名と自分の名前をいって、一時にもう一度掛けるからという伝言を頼んだ。

六月のときと同じ喫茶店から二度目の電話をすると、耕一はすぐやってきた。

桂子は、堀田がいった、『菜穂子』の都築明のような印象を探そうとしたが、耕一は少し陽灼けして健康そうだった。この九月から人事部に廻ったとのことで、それが性に合っているのか、会社の仕事がおもしろくなりはじめている男の顔をしていた。桂子にはそれが思いがけないうれしさで、

「ひと夏お会いしないあいだに、ずいぶんたくましい感じになったわ」

「違うよ。この陽灼けはこのあいだ信州へ行ったときの名残りだ。この夏は忙しくて一度も海へ行かなかった」

「このあいだは花野の絵葉書、有難う」

耕一は照れを隠そうとしてわざと無造作にうなずいて、

「花野のお礼をいいに来たのが、紅葉狩の時期だね」と笑った。

「じつは父と母と三人で清滝に泊って高雄から栂ノ尾の紅葉をみるの。それで、明日の日曜日、耕一さんも御一緒にどうかとお誘いにあがったんです」

桂子は考えてもいなかったことをその場でしゃべりだす自分に呆れていた。もうひとりの桂子がまた、桂子の口のなかから蛇の舌のように悪の姿をのぞかせはじめたのだろうか。

耕一は正直に困った顔をみせたが、断る口実をもっていたので、桂子のほうもかえってほっとした。日曜日は女子社員のコーラス・グループについて奈良のほうへハイキングに出かけなければならないと耕一はいった。

「じつは民青がもぐりこんでいるグループで、ぼくはそれとなく監視について行くわけだ」

桂子は四時すぎに耕一とその店を出た。すぐ二、三日後に会うもの同士の別れかたをしたいと思って、自分ではそれができるつもりだった。

桂子の結婚の話にも耕一は自然なよろこびかたをあらわして、「おめでとう」といった。

「耕一さんに報告して、おめでとうといわれてから正式に先方へお返事するつもりだったの」

別れぎわに耕一が、

「じつはぼくもこのあいだ東京に帰って見合をひとつしてきたよ」といった。

「嘘でしょう」

「嘘だと思ったらぼくの母にでもきいてごらん。ぼくもこれに決めるかもしれない。きみの顔をみてから針をどちらかへ動かすつもりでいたんだ」

「早くプラスのほうに動かして下さい。わたしのほうは来年の三月か四月になりそうです」

「ぼくのほうは、もし話が決っても、式はもっと遅くなりそうだな」

桂子はひとりで京都に引返して、その夜は父と母の泊っている清滝には行かず、貴船に泊った。紅葉のさかりには多少早かったが、鞍馬も高雄も紅く染りはじめた楓林がはなやかだった。

結納は山田のほうの希望で、仲人の堀田が両家のあいだを往復する古い作法通りに行うことになった。

堀田は紋付羽織袴で桂子の家に結納の品を届けに来た。桂子も書物で調べて、堀田に座布団を勧めないようになどと母に注意したりしたが、結納の品が、右から、目録、長熨斗、金包、末広などと九品ばかり並んでいるのに目を奪われた。桂子は目録をもって別室にさがり、受書に毛筆で自分の名前を書いた。

そのあと堀田に酒肴を出したとき、はじめて堀田が桂子に笑いかけて、

「あなたは思ったより毛筆の字がうまいね」といった。

堀田がまもなく辞去したあと、父は興奮したように座敷を歩きまわって、

「まあ、これでよかった。でもきょうは肩が凝ったよ」

「大役の堀田先生はもっと大変ですよ」と母がいった。

「そうだな。さすがに堀田先生もきょうは多少あがり気味だったね」

桂子は結納の品と一緒に届けられたエメラルドの指輪を指にはめてみた。どうやって調べたのか、指輪は桂子の薬指にぴったりだった。

霜夜

　十一月中はまだ秋のつづきのようだった。都会では年々冬が暖くなるのか、今年も樹の葉が落ちたあとを色のない風が吹きわたるうちに、いつのまにか冬が来たともわからずに師走を迎えた。

　卒業論文の下書きができあがると、あとは不要の枝葉を刈りこんで五十枚ほどにまとめながら清書する仕事になり、これには冬の夜に炬燵で編物をするような愉しさがあった。

「下書きをしているときは、観念の骨が形をなすようにがりがりと荒削りをするのが大変な力仕事で、食べるものも食べず、眼も血走っていましたけれど、これからあとは細かいサンドペーパーで磨きをかけるような仕事ですから」

　結納のあと、堀田の家に礼に行ったとき、桂子はそういって、満ち足りたことをしたあとの微笑を浮べた。堀田夫人に熱い甘酒をすすめられて、体も顔も温まっていた。

「勉強のしすぎで少し眼がくぼんだかな。しかしいつになくエネルギーの放射が激しい感じで、一段ときれいにみえるからふしぎだ。文学部のやっていることで、卒論だけはいいことです」

「どうせ作文か感想文のようなものしか書けませんけれど、一生に一度のことですから」といって桂子は気の張った顔を堀田に向けた。

「一生に一度のめでたい話もきまったしね」

そういわれて、桂子は、この秋その話で堀田の家に来たときにはまだ彼岸花が咲いていたことや桔梗の庭がみごとだったことを思いだした。いまは、坂を上ってくるときにも、目についたのは冬木の桜や枯山吹で、堀田の家の庭には、真赤な南天の実のほかは石蕗(つわぶき)の黄色い花だけが花の色をして明るい。

「早いものですね」と桂子はいった。

「早いものだ。桜のころの挙式も、あっというまにやってきますよ。女のひとの場合は、色々と準備に時間もかかるんでしょうね。よくわからないが」

桂子は、年が明けてから挙式までのおよそ三箇月のあいだにしなければならないことは大体頭のなかで一覧表にしてあった。四年生になってから遠ざかりがちになっていた稽古事にも、週に三度くらいは通うつもりだった。山田は十年ほど仕舞、謡の稽古をしているそうで、桂子

も勧められたが、このほうは結婚してから習いはじめてもよいと思っていた。桂子はそうしたことを頭のなかでもう一度確めて、

「大丈夫のようですわ。山田先生のほうは色々と大変らしいですけれど。式場の予約も二、三日まえにすませました。そのまえに山田先生にいわれて、式に出る人や披露宴にお招きする方々のリストも作りましたわ」

「それはずいぶん手際のいいことですね。わたしはまた、そういうことは来年になってからでもいいだろうと暢気に考えていましたよ」

「四月は大安の日が五日ありますが、中旬までの日にしたいとなればよほどまえから申込みませんと……」

堀田は山田にそんなことを事務的に処理する能力があるのは文学部の人間らしくないことだといって感心したが、桂子はかすかに顔をあからめて、

「まえからそういうかただと思っていましたわ」といった。

家に帰ると、三日間で仕上げる予定で清書にかかった。夜は二階の自分の部屋で、三津子にもらった英国製の膝掛をして机に向っていた。

桂子と山田の婚約のことを、おそらく宮沢からきいて知っていたのだろうが、だれからきいたともいわず、三津子は芝のフランス料理の店に桂子をよぶと、自然な喜びかたでお祝いをい

って、その膝掛を柔かい仔牛の皮の鞄に入れて桂子に渡したのだった。その話は母にもした。母も礼状を出したようだが、その後三津子からも家に電話がかかるようになったりして、桂子はいつのまにか母と三津子が女学校時代の友だち同士だったような気がしてくるほどだった。また、それと前後して、法学部長を訪ねてきたという宮沢裕司にも偶然構内で会った。宮沢も婚約のことでは多少鄭重すぎるような挨拶を桂子にした。桂子は、この一見猛禽風の痩せた紳士が、動物としてのつながりでは自分の父親かもしれないということを考えると、まじめな顔の裏側で舌を出してみたくなるような気持が働くようだった。そのつもりでみるせいか、宮沢には、桂子に対しては罪を犯した者の負い目を学者風の謹厳さで圧伏しようと努めているところがあるようで、おかしかった。いつか深刻な顔で、「桂子、じつは……」と告白されるのではないかと、その期待だけでもひどく愉しくて、宮沢には頻繁に会いたいと思うほどだった。それで桂子はいつもよりはしゃいでいた。《マロニエ》に案内してジェーン・オースティンの文体について意見をたずねたりしたあと、ことさらに思いつめたような眼をして、

「わたしの結婚式にはぜひいらして下さい。お願いしますわ。父と母はどう思うかわかりませんけど、これはわたしの一存で、どうしてもお願いしたいんです。勿論、おばさまも御一緒にですわ」

宮沢は桂子の真意をはかりかねるというふうにむずかしい顔をしたが、断る理由もみつから

なかったらしく、

「有難う」とうなずいて、「どういう資格で招待していただくのか、よくわからないといえばわからないようなものだが、あまりむずかしく考えないことにしましょう。本当なら花婿の父親としてあなたの結婚式に出るようになるのが一番よかったでしょうが、耕一のことはどうか水に流して下さい。その意味でも、三津子やぼくが出席したほうがあなたの気持もすっきりするというのなら、喜んで出席させてもらいます」

「本当は、耕一さんにも出ていただきたいし、来年の秋にでも耕一さんが結婚なさるときはわたしも出席させていただきたいのですけれど、そういうことを不自然だとか悪ふざけが過ぎるとかいう人もいるかもしれませんから、耕一さんを招待するのだけはよしますわ」

宮沢はそのあとで桂子に、耕一を憎んでいるかとか、自分たちを怨んでいるのではないかとか、月並のことをたずねたりもした。桂子は驚いて、意外に何もわかっていない純真な人だと思った。もっと悪ふざけをする気なら、耕一や宮沢に出席してもらいたいのは、兄や父としてだ、ということもできたが、無論それはいわなかった。桂子の本当の気持からすれば、たとい耕一が異母の兄で宮沢が共通の父だとしても、その血の関係が、たとえばあのギリシャの魔女がそれで人を殺した毒の衣のように、肌に貼りついてしまうのはいやなのだった。その関係は、軽やかな遊び着のように着たり脱いだりしていたい。だから、一方では、宮沢なら宮沢がいつその関係を告白してくれるだろうかという期待を抱きながら、そういう告白をされて、脱ぎ捨てられない毒の衣が身に貼りついては困るとも思うのだった。

堀田が、「たとえば」という形でほのめかしたあの可能性のことを、桂子は真だとも偽だとも決めてはいない。耕一にもそのことは話していない。父か母に、堀田からきいた話を打明けて、真実の告白を迫ったりするつもりもなかった。

茶の間の炬燵で母と二人きりになったときに、耕一の話が出て、

「山田さんには宮沢さんとのことはお話してないでしょうね」ときかれたのも、桂子には母の鈍感さがいわせたような気がして、思わず語気が鋭くなった。

「勿論です。告白めいたことなんかしませんわ。でもそのうちに耕一さんの話も出るようになるでしょうし、耕一さんが結婚して子どもでもできれば、家族同士でおつきあいすることになると思います」

「家族ぐるみだか何だか知らないけれど、どうして耕一さんとおつきあいすることにこだわるの?」

「こだわりがないから、いままで通りおつきあいするんです。耕一さんや、耕一さんのお父さま、お母さまともおつきあいはつづけたいわ。そうするのがむしろ自然でしょう。仇敵同士みたいに絶交するほうが、不自然でおかしいわ。宮沢さんのお父さまとお母さまには、わたしの

結婚式に出ていただくように、このあいだお願いしておきました」

「それくらいは仕方がないけど」と母は不明瞭な声でいった。「仕方がない」とはどういうことかと気色ばみそうなのを抑えて、桂子は二階へ上った。

これが清書の最後の晩になりそうで、十二時に「君が代」でラジオが終ってからも、桂子は仕事をつづけて、最後に、別にタイプで打ってあった引用の原文を横書原稿用紙の空白の部分に貼り、表紙をつけて全体を紐で綴じた。あとは教務課で所定の用紙をもらって、学籍番号や氏名、題名などを記入し、それを表紙に貼付して指導教授の山田に提出すればよい。

水滴で濡れた窓ガラスを通して、歪んだレモンの形をした月がみえた。桂子は急に真夜中の庭に出たくなって、太編みのセーターをもう一枚着て長いマフラーを首に巻きつけると、勝手口から出て庭にまわった。

珍しく晴れあがった星空で、水晶のなかにいるような、堅く冴えた寒気が感じられた。百日紅の幹が曲った骨の腕に似て白く光っている。葉の落ちない庭木はみな黒々として、色のない眺めだった。それが現実のものとは思えない趣にみえたのは地表の白さのためだというこに気づくと、桂子は思わず声をあげそうになった。土のうえが一面に霜で薄化粧をされていたのだった。

文子がいつもとは違った動きかたをしたようだと圭介は思った。それは人形だと信じていたものに突然人間の動きかたをされた驚きに似ていたが、少くともいくつかの身体の動作に圭介が二十年間文子からは経験したことのないものがあった。三津子にはあって文子にはなかった動作である。それはすなおに自分の快楽に溺れているときにだけあらわれるものではないかと圭介は思った。三津子と違って文子は声を出さないたちだったが、いまはその文子が腕のなかで大きな死魚に変ってしまいそうに思われる瞬間があって、終ったあと、

「どうしたんだ?」と声をかけても、舌が痺れてはっきりと物がいえないようである。あるいは、ことばで頬を打たれても、その意味がわからないほど頭のなかが薄くなっていたのかもしれない。

同じように快楽に溺れていくときでも、三津子の場合は生きた女の力が溢れそうになるのに対して、文子には死の穴に落ちていくような気味の悪さがあった。死魚を感じたのも、体が冷くなってくるせいだけではないと圭介は思った。

文子と並んで仰向けになったまま、圭介はしばらくじっとしていたが、文子の重たい腕の先をさぐって指の束を握ってみると、冷い鮎の握り心地のする手が、ようやく弱い力で握りかえしてきた。

文子のほうから抱かれに来たのは珍しいことで、あのときはそうだったが、あのときという

のは文子が宮沢と出奔したのを連れもどして箱根で数日静養させたその最後の晩のことである。それだけが圭介の記憶に残っていた。そのほかの文子はいつも人形のようだった。

「さっき、いつもと違う動きをしたね」

「そうかしら」と文子は夢から醒めようと努めているような声でいった。「よくわからないわ」

「いつもはしたことのない動きかたをはじめてしたのだ」

「そういえば、きょうは変でしたわ。溺れて、頭を下にして水の底へ沈んでいくようだったわ」

圭介は姿勢を変えて腹ばいになると、文子に合わせたようなぼんやりした声で、

「三津子はまえからその動きかたをしたようだがね」といった。

「きっとあなたに気を許していたからでしょう」と文子もぼんやりした声でいった。

「そうすると、おまえはきょうまでわたしには気を許していなかったことになるね」

「知りません」と文子は少女のようなしぐさで圭介を押しのける真似をしたが、そのまま抱かれて、「ほんとうはそうだったのね」といった。「だって、仕方がないんですもの」

「まあいいさ。ところで宮沢君とのときはどうだ?」

「あなたとのようなことはありませんでした」といって文子はひとりで微笑するようにみえた。それから天井を向いたまま、「あのひとは若いひとみたいに乱暴なだけなの。ひどく苦しいと

きもあって……そのことに自分では気がついてないようですけど、つまりそれだけ純真なんですわ。あのひとはわたしに対しては、いまでも何か悪いことをしている恋人のつもりなんでしょう」

宮沢裕司について文子がそんなふうにいうのはこれがはじめてのことだった。それもひどく辛辣なことを、寝呆けたような声でいうのに圭介は驚いていた。

「あのひとには自分が想像するものだけをみつめて生きているようなところがありましたから、女の体がどう感じているかもよくわからなかったのでしょう。それに、上手になる機会が少かったということもありますわ。三津子さんは、四人の関係がこうなってからは、あのひとには許さなかったそうですから」

「ほんとうかね。それは知らなかったよ」

「嘘、御存じないなんて、そんなこと嘘だわ」

「いや、嘘じゃない。三津子にはそういうことは一度もきかなかった。想像してみたことはあるがね」

「三津子さんとは女同士で何でも話しますわ」

「油断ができないね」と圭介はいったが、三津子が宮沢にだけはやさしくなかったという意味がそれでわかり、また三津子が宮沢にやさしくする決心がついたという意味もわかったような気になると同時に、そういうことに感心している自分が急に愚鈍な人間にみえるのだった。

「それに三津子さんは、あのひとの子どもを生む決心をしたんですって。勿論、これからできたとしての話ですけど」

「いまから生めるかな。三十八の初産になる。危いね」

文子はそれには答えないでしばらく黙っていたが、

「いずれにしても、今年で最後ですわね」といいはじめた。「不昧庵のお茶会がなくなればあの遊びも終りになると、三津子さんもいってましたわ」

この秋からふじのの健康がすぐれないので、今年の最後を夜咄の茶にして、それで月に一度の集りは中止にしたいというのだった。ふじのは十一月の口切りの茶のときにもそのことをいっていたが、十二月にはいってその趣旨の挨拶状が来ていた。

「来年は初釜もないわけだな。四人の関係も今年でおしまいか。さびしい気もするね。なにしろ十年近くつづいたからね。しかしこの辺で打切りにするのも、まあ止むを得ないだろう」

「わたしもそのほうがいいと思いますわ。桂子にも勘づかれそうになったことですし、もうこれが限度だと思います。いつまでもふじのさんのお点前でいただくのはいやだわ」

そんないいかたで、文子はふじのが例の関係のなかで「亭主」の役割を演じていることに拒絶の意をあらわしたのだった。

「おまえはほんとうはふじのさんが嫌いなんだね。別にあのひとを嫌う理由もないようだが」

「男のかたにはおわかりにならないのかしら」と文子は強い声でいった。「桂子だって子どものころからあのひとを嫌っていますわ」

ふじのは、宮沢を文子に奪われて駈落された点で、圭介と立場は同じだったが、それが原因で宮沢に耕一を残して離婚した。もっとも形のうえではそうでも、じつはそれがひどく物わかりのいい離婚だった。ふじののほうでは、宮沢がそんなに別れたいのなら仕方がないというふうで、出掛けに食事の用事までして荷物ももたずに京都へ帰ってしまったという。宮沢のほうは、ふじのを裏切った以上ひとりで「死んだ気になって」生きていくほかないと思いつめていたらしいが、

「まあいいでしょう。でもあなたはおひとりでは困るでしょうから、わたしの後釜は責任をもってみつけてさしあげますよ」といって、京都に帰るとまもなく、自分の遠縁の娘で、女学校の後輩にあたるという三津子を紹介し、自分は尚古堂の後妻におさまってしまった。若い三津子は宮沢に惹かれたようで、周囲の反対を押切って宮沢と結婚した。それから十年経って例の関係が始ったのも、ふじのが月に一度の茶会を催すという形で、適当な機会と場所を用意してくれたからという以上に、その独特の毒気のおかげで、異常を異常とも感じさせずにあの関係が成立つことができたのかもしれない。

文子はそういう意見だったが、圭介は、

「たしかに、ふじのさんがいなかったらこんな関係は実現しなかっただろう。しかしあのひとは『亭主』役が好きで、われわれの動きをみて愉しんでいただけではないのかな。わたしには邪悪な魔法使いの婆あのようにはみえないがね。大体、あのひとにはひとを怨んだり憎んだりするだけの執念ぶかさが全然ないようだ。生きることに執着があるかどうかもあやしいくらいじゃないか」

「もう長くはないかもしれませんわ」

「やっぱり癌かね」

「自分でもいってましたわ、この顔は癌の顔だって。それでも、知合に癌の専門の医者がいるから、一度診てもらって、はっきり引導を渡してもらうのだそうですわ」

「可哀そうだな」と圭介はいって、天井をみていた。

「庭で音がしたようですわ」と文子がいった。

圭介が立って、窓のカーテンの隙間から下をのぞいた。

「霜だね」

「昔は、冬の朝といえば、黒くなった刈株のほかは一面に白く霜の降りた、冬田のなかの道を学校まで通ったものでしたわ」

文子が横に来てそういったが、圭介は百日紅の曲った幹を撫でている人影をみて、

「桂子らしいよ」といった。

「桂子ですわ」

「こんな霜の降りる夜更けに、どういう気だろう。このごろ何か思いつめている様子でもあるのかね」

「桂子は思いつめたりしない子ですわ」

文子は確信のある母親の口調でそういうと、床にもどった。

「まえから思っていたが、きれいな字を書きますね」と山田がいった。

桂子はそういわれたことよりも、目のまえで自分の書いた文章を読まれるのが恥しくて顔をあからめた。山田はページをめくっただけで桂子の卒業論文を机の横の戸棚に入れた。

桂子は、普通に女らしいとされている行書風の字が書けないので、清朝体の活字に似た字を丁寧に書く。女の字とも男の字ともつかぬ、個性のない字だと自分では思っていたが、この字は耕一にも堀田にもほめられたことがある。耕一は下手な隷書体のような字を書く。堀田のは桂子の筆跡に勢を加えて剛直にしたような筆跡である。山田のは丸ゴチに似た、大きめの几帳面な字だった。

「この字は、着物でいうと織りの着物の感じですね」

「どちらかといえば、わたしも着物は紬なんかのほうが好きですわ。染めなら、江戸小紋。自由奔放な絵を描いたようなのはあまり好きになれませんけど」

「でも、このあいだの葉鶏頭のはよかったじゃありませんか。あの燃え立つ炎の色をちゃんと抑えて着ていたのは相当な実力です。年をとれば、お母さまをしのぎますね」

山田はにこりともしないで桂子をほめてから、

「このあいだPersuasionを翻訳で読んでみましたが、オースティンのは何といっても女の小説ですね。女が手で編むレースのテーブルクロスとか、刺繡とか、そういう種類のものを、ことばを使って丹念に編みあげたのがオースティンの小説ではないかと思います。観念をグロテスクに吐きだしたものや想像力の悪酔いの産物としか思えない小説が最近は多いようですが、こういうオースティンの、手と眼を頼りに確実な仕事をしている感じの小説のほうが勿論本物ですね。女が料理や裁縫や編物、活花といった手の仕事をばかにして、頭だけで芸術家気取りになっては碌なことができませんね。もっとも男の場合でもそういうのは信用できませんが。それはともかく、料理も裁縫も嫌いで、そのかわりに映画、新劇、文学や音楽が大好き、という女性と結婚すると大変なことになりますね。そういうのは女としては出来損いだし、もともとバカが多いようです」

婚約がととのってからは、研究室に行ってそういう話をきかされることも多くなった。よく男が船に、女が港にたとえられるが、桂子の気持のうえでは、自分が船で、港は山田のほうだった。船は接岸してしっかりと繫留されたようだと桂子は思った。

桂子は、夜咄の茶に出かける父と母を妹の運転する車で東京駅まで送った。わざわざ見送る気になったのは、これで月に一度の不昧庵での茶事が終りになることを母からきいたからで、そのときふじのが癌らしいということもほのめかされたが、これにはいうべきことばがなくて黙っていた。あれほど嫌悪と敵意を抱きつづけてきたふじのに対しても、死ぬときまった人間のようにいわれてみると、毒々しい「敵」に擬していたものが頼りない蟬の抜殻に変ったようで、あの眼に焼きついていた下腹の黒いたけだけしいものも嘘のように消えてしまった。あるいはそれは、ふじのが耕一を生んだ母だと知ったときから、眼から剝ぎとられていたのかもしれない。かえって母のほうが死ぬときまった人間に露骨な悪意をみせているようで、桂子は驚いていた。

父も、年の暮にはまだ間があるのに、冬の休暇にはいった学生のようにのんびりして上機嫌だった。

「何しろ今年は冬のボーナスを一発回答で押切ったからね。組合の委員長と書記長が十月の市街戦に加わって逮捕されたおかげで、ずいぶんやりやすかったよ」

「うちの大学でも十一月には堂々と授業料値上げを発表しましたけど、全共闘も潰滅状態で、何の反撃もなしですわ」

「それは立派だね。ところで卒論はどうした?」

「きょうが締切日です。わたしは一週間まえに出しましたけれど」

帰りは妹に大学まで送ってもらって、山田の研究室に寄ってみると、

「先週の教授会で小田切や粕谷がとんでもないことをいいだしましてね」と、山田は笑いながら憤っていた。

小田切ほか数人の「造反」的な教師が、突然卒論の締切延期を提案したという。

「その理由は、機動隊導入、ロックアウト、いまでもつづいている夜間の構内立入禁止といった権力的抑圧が大学の自由な研究活動を妨げている状態の下で、形式的な期限を楯にとって、まじめに大学改革の闘いに取組んできた学生を圧迫するのは卑劣だというのです。要するに小田切たちは、自分のゼミに多い全共闘系の学生に、締切に間に合わないから何とかしてくれといって泣きつかれたのでしょう。幸いこの提案は一蹴されましたが」

それから話が新婚旅行のことになって、山田は地図や旅行案内を出してきたが、京都、奈良か、北陸か、あるいは山陰がよいだろうという点では桂子も山田と同じ意見だった。桂子には、

山陰のような、見知らぬ土地へ菜の花の季節に出かける楽しみと、体にふれたこともない男と見知らぬ土地の宿で眠る不安とが、心の、光のあたる側と陰の側とをそれぞれ占めているようだった。行先をどこにするかは二、三日中にもう一度会って決めることにして、桂子は山田から北陸と山陰の旅行案内書を借りて家に帰った。

ふと、明日が冬至だということを思いだして、駅前の八百屋で柚子を買った。銭湯の菖蒲湯に懲りたので、柚子湯は家でするつもりだったが、何箇ほど入れたらよいのかわからず、十箇、というと、若い店員は奇声をあげて驚いたあと、

「柚子湯？ そんなら多いほどいいでしょう。豪勢にやって下さいよ。お嬢さんなんか美容と風邪の防止にいいよ。面倒だ、全部持ってらっしゃい」と、残った三箇も一緒に包んでくれた。店員は柚子の香りに包まれてほほえんでいる桂子に、柑橘類は好きかときいて、入荷したばかりの台湾産のぽんかんを勧めたので、それも十箇ほど買った。

松の内

元日は例年通り父の弟たちや母の妹夫婦などが午後から来てにぎやかに酒を酌み交したが、山田との婚約もととのったとあって自然桂子がその座の花になり、大輪の牡丹の振袖に金の青海波の帯を締めて座敷に出ていた。酒の好きな叔父たちには田作り、数の子、叩き牛蒡に車海老の牡丹煮、鱲子（からすみ）などを出したが、味付けは母で盛付けは桂子という定評に反して、今年は桂子がつくったのを母の盛付けで出すことになった。

白味噌仕立の雑煮を運んできた母が、ことさらに何気ない顔をつくって、「電話よ。耕一さんから」といったので、桂子は黙って抜けだした。

「応接間に切換えてあります」と念を押すようにいうのにうなずくと、桂子は応接間に行って耕一の声をきいた。

「ずいぶん遅かったね」

「ごめんなさい。母が広間へわたしを呼びにくる時機を見計らっていたらしいの」

「このあいだの写真、みたかい」

　写真というのは十日ほどまえに耕一が送ってきた見合の相手の写真のことで、見合用の写真から接写して引伸したものらしかった。丸顔で眼の大きい、美しいことを特に感じさせない種類の美貌だと思ったが、翳りのない健康さが写真でもはっきりとわかった。桂子は自分と同じ年齢のこの娘をみて、もうひとりの自分の心をどこかに棲まわせているような自分の暗さが妙に気がかりになったほどだったが、茶道、華道もひととおりやって、いまは仕舞の稽古に通っているという耕一の説明を読んでいるうちに、やはり耕一の妻にはこういう娘を措いてないという確信ができあがった。桂子の反対がなければこれに決めたいという耕一の気持もほぼこの娘との結婚を是としているようなので、桂子は耕一への年賀状に、「御婚約おめでとうございます」とだけ書きそえたのだった。

　東京の家に宛てて出したその年賀状をまだみていないらしく、耕一は、

「あれいいだろう」ときいた。

「まことに結構だと存じます」と桂子はまじめな声をつくっていった。「耕一さんには勿体ないほどのお嫁さんですわ」

「桂子にそういってもらえると嬉しいよ」

耕一に桂子と呼ばれたのはこれが二度目のようである。最初のときは、清滝の橋の上でだった。それは恋人に対して気持が昂って口に出た呼びかただったが、今度のは兄が妹の名を口にするような調子だと桂子は感じて、思わず涙声で何かを口走りそうになるのを抑えた。

桂子は「桂子」と呼ばれたことには気がつかなかったかのように、声を明るくして、

「一度そのかたにお目にかかりたいわ」といった。八木沢まり子というその名前がすらすらと口に出ないようだった。

「じつはそのことで電話したんだ」

そういって耕一は、十一日に目黒の能楽堂へ「翁」と「高砂」を観に行く話をした。

「二組が偶然そこで出会うというわけね」

「八木沢さんも着物だろうから、きみも着物でおいで」

「まえから着物にこだわるのね。わたしは訪問着で行きますから、まり子さんにもよろしく」

八木沢まり子の習っている流派がたまたま山田のと同じだったことにはあとで気がついた。二日の午後、山田が年始に来たときに、その「翁附高砂」を観に行く話は山田のほうから出た。

「五日から三、四日、ふじのさんが東京へ出てらっしゃることになっているの。うちで泊って

いただくことになるわ」

母がそういうのをきいたのは三日のことだったが、桂子は顔に何もあらわさずに、

「精密検査でもなさりに？」といった。

母は桂子がどうやってそんな勘を働かせたのかと顔を固くしたが、

「そういうことらしいの。知合に有名なお医者さまがいらっしゃるんですって。手遅れかもしれないけど、一度診てもらえば気がすむだろうから、とおっしゃっていたわ」

五日の夕方ふじのが来たとき、自分でした話もこれと同じものだった。

「まあ、お気の毒ですがという判決を受けに来たようなものですよ」とふじのは笑っていた。

以前会ったときには骨張った長身のような印象が残ったが、痩せて思ったよりも小柄だった。最近太り気味の母と向いあって小さくみえるのが、横でみている桂子の胸にこたえた。顔色も少し悪いようである。しかし死の翳をもった病人の陰惨さなどはどこにもない横顔をして、余分なものを棄てて必要なものだけを濃縮してできた人間のようにみえた。粋な黒の大島を着て坐っている姿に男だか女だかわからない端正さがあって、能の舞台で仕舞を始めるまえに端坐している老人の姿をみるようだった。

桂子が挨拶すると、ふじのはきちんと向きなおって一礼し、桂子の婚約を祝うことばを述べた。満面に喜色をあらわしたふじのの顔に桂子は胸を打たれたが、その喜色が消えたあと、正

面からみるふじのの顔は、眼が異様にくぼんでそのまわりに黒い翳がひろがっていた。その瞬間、桂子は死相をみせられたような気がした。

ふじのは年輩の女が若い娘を品定めする目つきで桂子を眺めてから、母に、

「これなら特級品ですよ。立派なものですわ」といった。

「婚約もととのって、少しは嫁入りまえの娘らしいところも出てきたようですわ」

「三津子さんもなかなか上等だけれど、年をとると三津子さんをしのぎますね。あのひともいまはましになりましたが昔はしようのない文学少女でしたものね」

桂子は熱くなってくる体で、じっと膝のうえに手を重ねていた。

翌日、父が車で虎の門の病院までふじのを送っていったが、ふじのは夕方電話をかけてきて、お茶の関係の知人宅を何軒か廻るからといい、夜遅く帰ってきた。その翌日もそうで、父も呆れて、

「あのひとはちゃんと病院で検査を受けているのかね。あやしいものだ。食道楽のほうだからさかんに食べ歩いているかもしれないし、最後の商売に精を出しているのかもしれない」

「そういえば毎日男物の大きな鞄をもってお出かけになるから……」と母もいった。

京都に帰る前日は、少し疲れたのか一日中桂子の家にいて、台所にはいって母に何やら料理を教えたり、庭に出て庭木を調べたりしているようだった。桂子はこの日がふじのと何か重要

な話をする最後の機会になりそうな気がして、外に出そびれていた。

午後、自分の部屋で山田のカーディガンを編んでいると、階段を上ってくる軽やかな足音がして、やがてドアにノックがあった。桂子は待っていたものを迎えるように立ちあがった。

ふじのは部屋をのぞきこみ、桂子のしていたことをみてとったうえで、

「別に急ぎのではないでしょう。一度炉炭点前をみてあげるわ。お茶室へ下りてらっしゃい」

といった。

桂子もあとを追って階段を下りながら、

「それではお茶室の雨戸をあけてまいりますわ」

「あたしがあけておきました」

そういうと、ふじのは離れに通じる杉戸のまえで振りかえって笑った。

離れの八畳は数年まえに父が手を加えて琵琶床のある広間の茶室に改造してあったが、そう頻繁に使うこともなく、夏のあいだは、涼しいからと、妹たちが昼寝に使うことが多いくらいだった。その話をするとふじのは乾いた声でおもしろそうに笑った。

「去年の秋からは、ここで母に割稽古をみてもらったりしてよく使いましたけれど」

「風炉炭点前は習いましたね」

「はい。手順をどうにかおぼえたくらいですわ」

「それなら炭の組みかたは御存じね。炉の場合は、灰を撒くの。道具を並べるところからやってみますからね」

桂子は習ったことはすぐ正確におぼえるたちだったが、ふじのの目は鋭くて、細かく注意を受けているうちに額に汗がにじんだ。

「まあ、そんなところでいいでしょう。あとはお母さまにみていただくといいわ。あなたはいかにも正確だけど、全身に研ぎすまされた神経があらわれて刃物のようにみえるのが困るわね。刃物は刃物できれいだけれど、お茶ではもう少し無造作にみえるのがいいのよ。そうね、その眼が利巧そうに光りすぎるせいかしら」と、ふじのは口もとに微笑を浮べて桂子を眺めた。

「大人の顔になって、男がこわがるようなきれいな眼だわ。昔はもっと丸顔だったでしょう」

「まえに一度、前髪を眉のうえまで垂らしたほうがいいとおっしゃって、なおして下さったことがありましたわ」

「そう、あのころはずいぶん丸顔でしたからね」

桂子はちょっと伏せるようにしていた顔をあげると、いきなり、

「おばさまは耕一さんのほんとのお母さまだそうですね。耕一さんからうかがいました」

「耕一はあたしのことを知らないはずですけどね。宮沢に渡してからは一度も会ってないし」

「耕一さんも、おばさまのお名前やお顔までは知らない様子でしたけれど、三条の古美術店の

方だときいて、わたしはおばさまのことだとすぐ気がつきましたわ」

「あれも宮沢よりはまともな男になりそうですね。写真では何度かみましたよ。昔自分が生んだ子どもがこういう人間になっているのかと、おかしな気がしてくるわ。耕一は結局三津子さんのつくりあげた人間なんでしょうね。それで宮沢よりは格上の男になりそうだけれど、ただひとつまずいのは、三津子さんの説によると、三津子さんに母親に対する感情以上の特別の気持をもっているそうですね。あたしにはよくわかりませんがね」

「恋人というより、美少年が女神を崇拝するような気持ではありませんかしら」といいながら、桂子は、耕一の心が狂ったように自分に傾いてきたことがなかったのは、その心の深みに義母の三津子のほうへ流れていく地下水があったからだろうかと思った。耕一には女神も妻も、それに妹とも恋人ともつかぬ桂子までも必要で、それぞれに心の一部を割当てて優雅に生きていくのが情念の美学というものであろうか。その美学のなかには生みの母のふじのははいっていないようで、耕一にしてみれば、黒々とした醜いものを排除するのはあたりまえだという口ぶりのようだった。

「耕一さんにはもうお会いになりませんか」と桂子は確かめるつもりでいった。

「会う必要もないでしょう。もうあたしたちは関係のない人間同士ですよ。もっとも、あたしのほうは耕一に会ったところで別に変りはしない人間だから、会ってはいけないと頑張っているわけではありませんよ。耕一のほうはそうはいかないでしょうから、となるとやっぱり会わないのがいいようね」

「わたしはまえに、耕一さんと二人でおばさまのところへうかがおうと思ったことがあります。アポロンの巫女に神託をききにいくような覚悟でしたわ。わたしたちが何者で、どういうことをするように定められた人間なのか、それを知りたいと思いつめたことがあったんですわ」

「あたしに何をききたかったの？」

ふじのは冬の午後の光がほとんど届かなくなった道具畳に小さく落着いて坐っていた。巫女というより動かない黒子のようだった。

「耕一さんとは結婚するつもりでした。それで……」と、桂子はことばを切ってふじののほうから強いことばが出るのを待ったが、ふじのは平静な声で、

「それは知っていましたよ」とだけいった。

「両方の両親が反対のようにいっていたと思いますけれど」

「ええ、まだ若過ぎるとか何とか、子どもの火遊びを気遣う口ぶりではおっしゃってましたよ」

「それだけでしょうか」と桂子はなるべくあたりまえの声でいった。「耕一さんとわたしが結婚していけない重大な理由が何かあったはずですわ」

「あたしにききたかったというのは、そういうことなの」とふじのは軽くいった。「でもそんなことはあたしにきいても駄目ですよ。お父さまかお母さまにきくべきことね」

桂子は頭を下げて詫びをいった。それを聞き流すように、ふじのは薄茶を点てはじめた。父が好んでよくやるように、ふじのも濃茶を使った。飲み終えて、桂子が燈をつけに立とうとするのを抑えて、ふじのは、

「お話をするにはこの暗さがちょうどいいでしょう」といった。

「寒くありませんか。母屋からガスストーヴをもってきます。そこにガス栓がありますから……」と桂子がいいかけたのは、うすくらがりでふじのの吐く息が白くみえたような気がしたからだった。桂子はすぐ立っていって、赤外線式でない古風な真鍮製のストーヴをもってきた。

「死ぬまえにお釜をさしあげますよ」とふじのがいつもよりやわらかい声でいった。「そう、ほかの道具も一式、あたしが一番気に入って使っていたのをあげますよ。死人のものは気持が悪いと思うかもしれないけど、いい道具はそうやって伝わっていくわけですからね。使っているうちに、つまらない人間の亡霊なんぞ、手垢ほどにも気にならなくなりますよ」

ふじのの話によると、今度の上京では胃の精密検査のほかに不昧庵の処分について桂子の父や宮沢夫妻と話合うことが主な目的で、牧田、宮沢のどちらか、あるいは両者で、不昧庵を買いとってもらえないかという話らしかった。その話がどう落着したかはふじのの口からはきけ

なかったが、尚古堂の店は他人に譲ることになっているらしく、茶室のある嵯峨野の別邸だけは他人の手に渡るよりも、ということで、「お安く」譲りたいという意向なのだった。

「あたしのほうで適当な管理人はみつけておきますが、万が一、死にそびれて長生きすることになったらあたしが隠居暮しをかねてしばらくのあいだ管理をお引受けしてもよいと思っています」

桂子はふじのが着々と死に仕度をすすめている様子に胸がつまって、

「そんなことを御心配なさるより、お体をなおすのが先ですわ」といった。「まるで先のことが動かしがたく決っているようなお話で、うかがっているだけで体の底まで冷えてきますわ」

「ごめんなさい」といって、ふじのは眉を動かしてから口に微笑を浮べたようだった。「死ぬことになった人間というものは、やっぱり不吉で不愉快にみえるでしょうね。明るい日ざかりに、まっ黒な犬がうろうろしているようでしょうねえ。もう少し哀れっぽくみえるといいけれど、こうしゃあしゃあとしていてはね。でも、今度の精密検査なんぞ、早く最終の判決がほしくてやった上告みたいなもので、これまでの判決が覆される見込みはまずないはずですよ。別にやけくそになっていってるんじゃありませんけどね。またこうやってしゃあしゃあとしているのも、悟りすましているのとは違いますね。もうあまり時間がないということが先に立って、死ぬことについてあれこれ考えている暇もありませんよ。身辺の整理をして帳尻を合わせておくのに、あと三箇月は一日刻みの予定表をつくって動きまわらなきゃ間に合いませんよ。それまでに体のほうが動かなくなったらとんだ誤算ですが、そのときはだれとだれにお願いして何をやっていただくかも、一応は考えておかなくてはね」

「わたしには、いざというときに、とてもそんなふうにはできませんわ」

「よほどだらしのない人間でなければ、だれにだってできますよ。それよりあたしは自殺ということができそうもなくてね。あれはずいぶん異常な状態に自分を追いこまなければできないことでしょうねえ。まあ、あたしは無理をしないでこのまま弱りこんで穴のなかへ沈んでいきますよ。癌の場合は体のほうの苦痛はひどいらしいけど、そのうちに気力もだんだん衰えることでしょうから、苦痛にもなじんで案外やさしく死ねるのではないかしら」

桂子は、気のせいか、ふじのことばに死の匂いを感じた。口臭のようでもある。さっき炭の並べかたを教わったときにもそれを感じたようだった。腹のなかで育ちつつある黒々とした死の胎児の匂いだろうか。そう思うと目のまえに坐っている人間が間違いなく死すべきものだと信じられた。

一方は何箇月かのうちに死ぬための準備に忙しく、一方は結婚の準備に忙しくて、これからその二つが正確に併行して進んでいくのが、桂子にはふしぎに思われた。

「さっきあなたが知りたがっていたことにあたしは答えませんでしたね」とふじのはタバコに

火をつけながらいった。「お宅へうかがうまえに、桂子さんに話すべきことは何と何か、あたしなりに考えましたよ。あたしは、死ぬとなったら何もかもぶちまけて、生き残る人間を騒乱に巻きこんだままおさらばしてやろうという人間が嫌いでしてね。なるべくなら生きていく人間の関係を乱さないように、自分だけがすっと消えていきたいと思うの。だから、死ぬまえに毒々しい真実を吐きだしてくれるだろうと期待されては困るのよ」

「まえにはそんな期待をもったこともありました。おばさまは、わたしと耕一さんをはじめ、わたしの父と母、耕一さんのお父さま、お母さま、この六人の関係についてはすべてを知っていて、六人を操っている見えない糸はおばさまに握られているのではないかしらと考えていました。それで、いつか対決して、刃物をのどにあてがうようなことをしてでも真相を吐かさずにはおかないと……」

「それはまた大分買いかぶっていらしたようね」とふじのは乾いた、かすれたような声で笑った。

「あたしのことを魔法使いの婆あか陰の演出者のように考えていたのですか。それほど大それたことのできる人間ではありませんけどね。どちらかといえば、ただの社交好きの人間で、自分のまわりでいろんな人たちが楽しそうに動いてくれるのが好きなほうですから、これがアメリカならパーティの名ホステスというところかしらね。でもこれからは自分だけの穴にはいっていくのだし、だんだんと人間嫌いになりますよ。最初は、牧田さんと宮沢さんと二組の御夫妻で相手をとりかえていらっしゃるのをみて、珍しい子どもの遊びでも眺めるような興味もありましたけどね。最近は四人とも少々まじめすぎるようで、もういい加減にしたらどうかしらと、こちらもわずらわしい気持ですよ。こういうことはあまり深刻重大に考えてはいけないわね。それに、桂子さんにも勘づかれているらしいというし、月に一度の不昧庵の茶事は去年で止めにしたの」

桂子は胸に息を吸いこんで、例の《nil admirari》の呪文を繰返していた。

「御本人たちは用心しているつもりでも、はたからみると間が抜けていて、子ども、とくに桂子さんのように勘のいい娘さんにかかってはひとたまりもないわ。二尊院と祇王寺で、相手をとりかえた二組をみて、気がついたでしょう」

正確にはそうではないが、桂子は正解をほめられた生徒のような微笑を浮べてうなずいた。

「四人とも子どもみたいで呆れてしまうわ」とふじのも笑って、「大人だから裏で穢(きたな)いことをしている、というのではないの。子どもなんですよ。このあいだもからかってやりましたよ、あんたたちは子どもが結婚する年になっても、気持が若くていいわねって。まあ、御本人が楽しければいいようなものだけれど」

「それで、わたしと耕一さんとは兄妹かもしれないわけですね」

「違いますよ」とふじのは正確を期すためのように説明した。「四人のお遊びが始まったのはあなたが生まれてからのことですよ。もう十年もつづいたかしら」

「わたしが生まれるまえにも何かあったのですか」

「そこのところはあたしの口からいわないことにするわ。お父さまとお母さまにおききなさい。あたしは事件のことは知っていても、あなたが知りたがっている真実などというものはあたしにもわかりませんからね。でもそれより、真相を話すべきか、話すべきでないか。責任をもってそれを決めるのは御両親です。何もなかったことにして押しとおすのがいいと思えば、それも結構、こちらははたからお節介は焼けませんね」

「かりに耕一さんとわたしが獣のみちを歩くことになっても、ですか」

「知っていてそうすれば獣でしょうけど、知らなければ仕方がないでしょうね」

「証拠不充分は白とみなすことができますわ。知らされなかった事実は、なかったものと考えますわ」

ふじのは一呼吸おいて考えたようだったが、

「それでいいでしょう」といった。

「それに、わたしはまだ若い分だけ、父や母より子どもっぽいことをやりそうな人間なんですわ」

「頭のいいひとにはかないませんね。収拾のつかないことになっても、あたしにはもうお世話はできませんよ」

そういうとふじのは立ちあがった。茶室から出るとき、ふじのはよろめきかけて、桂子の肩にぶつかりながら、

「あなたもあたしと同じらしいけど、他人のほかに何かこわいものがあるの」

桂子は黙ってほほえんだ顔を、曖昧に横に振った。

近づいたふじのの口から、また死の匂いが洩れたようだった。


松の内を過ぎると、町の正月らしい気分はほとんど消えてしまう。六日の晩、松引きをしながら、京都では十五日までが松の内だけれど、と母がいっていた。それでも駅前のにぎやかな通りに出ると、訪問着に毛皮の襟巻を巻いた若い娘の姿はまださかんにみられた。十一日には桂子も訪問着で目黒の能楽堂に出かけた。

「翁」ははじめて観るが、下掛では三番叟のほかに千歳も狂言方が勤めるということは山田の説明で知った。

耕一たちと「偶然」会うのは休憩時間のあいだがよいと思ったので、桂子は立ちあがって、自分たちよりうしろの座席にいるはずの耕一に姿をみせるようにした。それから山田を促して

二階の喫茶室にあがっていった。耕一と八木沢まり子はすぐつづいてあがってきた。混み合っているテーブルのあいだで桂子と耕一が「奇遇」に驚いたふりをして挨拶を交したあと、四人は自然に同じテーブルに坐った。

耕一のほうがまず、まり子を自分の婚約者だといって紹介した。桂子は山田を、婚約者兼指導教授だといって紹介した。耕一は学部がちがうので山田に教わったことはなかったが、一年のときに文学部の小田切という教師に英語を教わったと話した。

「しようのない造反教授でして、最近はひげを生やしてサングラスを愛用してます」といって山田は手であごひげの形をつくり、指を丸めて眼鏡のようにしてみせた。それを悠揚迫らぬ手つきでやるので、桂子もまり子も笑った。

まり子も訪問着を着ていた。深い薔薇色の綸子に白で雉子を刺繡した訪問着で、白地に菱つなぎの袋帯を締めている。桂子のは白地の紋綸子に赤葡萄酒の色に蘭を染めた訪問着だった。桂子は白い線だけの雉子に、自分とはちがう種類のまり子の強さを感じた。

いつか堀田に、芙蓉の花にたとえられたことを桂子はおぼえていたが、まり子はどんな花だろうか。愛らしくて陰のない、育ちも頭もよさそうな娘である。何かをきかれても、頭のなかですばやくランプを明滅させてから、口ごもらず、結論だけを明快にしゃべるというところがあって、桂子の好きな型の娘だった。

「仕舞の稽古をしているそうですよ」と耕一がいったことから、山田と同じ流儀だということがわかり、

「やっと謡の声が出るようになって、体もどうやらぐらぐらしなくなった程度ですわ」とまり子がいうと、山田はまじめに、

「いや、そこまで行けば大したものですよ。わたしは十年やってもまだ開きがうまくいかなくて、先生に、おまえの開きは一生駄目かもしれんぞといわれています」

山田は家元の長男に習っていたが、まり子は家元の次男のほうだった。山田はそのほかに、先代家元の高弟にあたるひとにもときどき稽古をつけてもらうといっていた。

「女のお弟子さんはあまりとりたがらない方ですが、頼んであげてもいいですよ」

「高砂」が終り、附祝言があって、観客が動きはじめると、耕一とまり子は先に出口に向いながら、二人そろって振りむいて、桂子と山田に目礼した。

「きょうはお急ぎなんでしょうかね。一緒に楽屋へ挨拶に行ってもよかったが」と山田はいった。

「ところで、あの宮沢君とは大学時代ずいぶん親しかったのでしょう」

山田にそういわれて桂子は、はっと思いあたることがあった。山田に対しても、またまり子に対しても、桂子と耕一の関係はほとんど明らかにされないままだったのではないかという気

がしはじめて、桂子は頭から血がひいていく思いだった。たしかに、耕一を自分の友だちとして山田に紹介するのはお座なりだった。耕一と自分の関係は自明のこととしたうえで、耕一の婚約者を山田に紹介することのほうに気を奪われていた。

「宮沢さんとは親同士も古くからおつきあいしていますので、耕一さんともいとこ同士か兄妹同士のような気がしていますわ」

桂子はうまくそういいぬけた。

山田も大して気にとめる様子はなく、別のほうに心を向けたようだった。

「英語学の宮沢さんならお名前はよく存じていますし、それ以上の御縁もあるんですよ。わたしがあなたと結婚したいということで相談したのがわたしの指導教授だった小堀先生で、小堀先生が宮沢先生にこの話を洩らしたおかげで、宮沢先生から堀田さんへと、話が通じたわけですからね」

「わたしに直接おっしゃれば簡単でしたのに」と桂子は甘い眼をして山田をみあげた。「いつかも申上げたはずですわ。そのときは有難くお受けいたしますって」

「それは勿論、希望的観測の有力な条件にさせてもらいましたよ。しかしこういう話はまわりから固めていくのがいいと思いましてね」

その日は渋谷の活魚料理の店で食事をして別れた。

夜遅く耕一から電話があった。これから九州行の夜行列車で朝までに大阪へ帰るということだった。

「大変ですね。耕一さんが勤め人だということをすっかり忘れていたわ」

駅のホームからの電話らしく、耕一は落着かない調子で、

「どうだった?」とまり子の印象をたずねた。

「いいかたね。正直なところ、まだ三十歳にもならない耕一さんには大物過ぎるお嫁さんかもしれないわ」といいながら、桂子は妹が兄の花嫁を評していうような口調になっているのが、自分でもいやだった。その嫌悪の滓が残った舌で、桂子は、「でも、わたしもこれで安心できますわ」といった。

「安心とはどういうこと?」

耕一はいらだったような声を出した。それには答えないで、

「まり子さんにも、わたしのことで誤解を受けないようによろしくね。わたしのほうはひと足お先に行ってるわ」

それで電話は切れた。

桂子は自分が、耕一がまり子を妻にすることにだれよりも満足して目のまえが明るくなるような気がするのをふしぎに思った。それは妹が兄の結婚を気にして、兄の妻になる女を自分と

ひきくらべては、一目おいたり、これでいいと思ったり、嫉妬に似たものを感じたりするあの気持とも違っていた。勿論、桂子は耕一が自分よりも数等劣った娘を妻にすることを何よりも恐れていた。そんなことになったら、恥も忘れてその相手のところへ乗りこんで、話をぶちこわしてしまおうと、気持を昂らせたりしたほどだったが、八木沢まり子をみて、桂子は耕一が高価で極上の品物を買ったのを、自分もともに喜ぶような気持になっていた。

そのとき桂子の頭に浮んだのは、exchangeable ということばで、交換が可能であるためには、品物の格が同等でなければならないが、まり子を自分と equivalent だと思えることが桂子にはひどくうれしかった。山田はどうみるだろうか。桂子は頭のなかで、自分のかわりにまり子を山田と組合せてみた。こういうことは、好みや性格が合うとか合わぬとかいうことよりも、class が同じであることが何よりも肝腎だから、と桂子は信じていた。class ということばは、桂子にとっては、大袈裟に「階級」といいなおさなくてもよくて、要するに乗物の特等、一等、二等の「等」でもよく、一級品、二級品の「級」でもよかった。人間は生まれながらにしてさまざまな class に属しているのに、この厳然たる等級の差には目をつぶって、万人が同じ class に属するかのようにいう平等主義者を桂子はひどく嫌っている。まえに三津子が「奥様時評」でしゃべったことに、「何といっても学生のなかにも優秀なのと劣等なのがいて、その劣等なほうの連中がヘルメットをかぶって覆面をしたりするので」という一節があったのを桂子は思いだした。たとえば、橋本麻紀子は劣等な学生で、女としても二つも三つも下のclassに属していると桂子はつねづね思っていた。かりに麻紀子にある種の魅力があったとしても、それは麻紀子の本来のclassを引上げるに足るものではなく、せいぜい麻紀子と同じclassの男を惹きつけるようなものでしかない。これに対して八木沢まり子は、その個性の面でどれほど桂子とは違っていても、桂子と同等のclassの女であることは間違いないような気がする。耕一も山田も無論同じで、父や母や宮沢夫妻にしても、classは同じはずだった。それでなければ「交換」は成立たない。

それから桂子はふと、ジェーン・オースティンの小説に不愉快きわまる人間が出てこないというのも、あまり下のclassの人間が出てこないということかもしれないと思った。

頭が熱くなったので、桂子は雪を待ちのぞむ気持で窓をあけてみた。まえに深夜庭に出たときのと同じ鋭い冬の月が光っていたが、この夜は泣き声のように電線を鳴らす風があった。俳句の好きな桂子は、「もがり笛」ということばを知っていた。

風花

新年の最初の教授会で正式に決ったということで、山田からまず電話があったが、桂子は文学部の卒業式で答辞を読むことになった。その話は去年山田からそれとなくきいていたが、

「なにしろ成績は学部で一番だから当然の人選でしょう。観念するほかありませんね」と山田はいった。

「結婚式の花嫁役に加えてもうひとつ大役ができて、少々気が重くなりますわ」

「主役が二つもつづいて結構ではありませんか。じつをいうと、この人選に関係して一波瀾ありましてね。例の造反グループが、あなたの総代に直接ケチはつけにくいものですから、総代を選ぶ権限が教授会にあるのかとか、銓衡の基準が主として成績つまり平均点であるのはおかしい、全人格的表現としての卒論をもっと重視すべきであるとか、答辞の文章を特定の個人が

書くのでは学生全体の意思が反映されないとか、はては卒業式に君が代を歌うのは反対だとか、ありとあらゆるおかしな議論をもちだしてきました。さすがに学部長も業を煮やして、ひとつずつ挙手の採決で片附けていきましたが、最後にとうとう粕谷があなたのことをこういいましたね。この学生は昨年中の大学改革の闘いに対してつねに反動的な立場をとり、学生のあいだでもきわめて評判が悪いときいている。すると最長老格の吉村さんが、ミス文学部の投票をやったら牧田桂子は最高点ですよ、といって大笑いになって、あとはあなたの身長、体重、容姿などが話題になり、わたしが適当に答えておきました」

この話を父にすると、父も笑って、

「去年はどんな騒動があったか知らないが、大学というところはずいぶんのどかだね」と感心していた。

二月の下旬から三月はじめにかけて各学部の入学試験が行なわれる期間は、去年の「全共闘」の残党が「入試妨害」の挙に出る可能性も皆無とはいえないので、学生部長の堀田は連日学長室に詰めているらしかった。もっとも気遣われていた文学部の入学試験が無事に終った日、桂子は山田を通して借りていた、ここ数年間の文学部の答辞を山田に返してから、堀田の研究室に行ってみた。

堀田は上機嫌で桂子を迎えたが、いつもとちがって心に翳がさしているのを隠すための陽気さのようなものが感じられた。

「いいところへ来てくれましたね」と堀田は湯ざましに湯を注ぎながらいった。「きょうは文学部の試験が無事に終って文学部長もことのほか御機嫌で、今夜黄鶴楼あたりで一杯飲みませんかとお誘いがかかりましたが、どうもあの浮世離れのしたじいさんと飲むのは気がすすまないもので、家内が病気ですから、と断りましたよ。そのかわりにあなたが来てくれたから、今夜はお相手をしてもらおう。それにちょっとした相談もある」

堀田の表情から、桂子は相談というのがかなり重要な話らしいと思った。

駅に近い山菜料理の店の二階にあがると、堀田は、「三杯までにしますわ」という桂子の盃に山形の地酒を注いでから、

「じつは媒酌人をお断りしなければならなくなった」といった。

その顔がひどく厳しいので桂子も顔色を変えた。桂子に、あるいは桂子の両親に対して何か腹に据えかねるところでもあったのだろうかと、桂子は血のさがる思いをしたが、頭に浮ぶことといえば、まず桂子と耕一とのことだった。一月に「翁附高砂」を観たとき以来、山田が桂子と耕一の関係に不審を抱いてひそかに調査でもしたのだろうか。しかし桂子と耕一とのあいだには、外からはみえない専用電話が通じているだけで、興信所の人間などにうかがい知られるようなものは何もない。これはばかばかしい想像だとわかったので、ほかに考えられること

といえば、桂子の父と母が、宮沢夫婦とのあいだでつづけていたという、例の「交換」の関係であった。桂子は堀田のことを、かりにそういう事実を知ったならばその種の人間とは絶交するにちがいない人間だと考えていた。そういう人間の娘の結婚式で媒酌人を勤めることを潔しとしない、とでもいいだすのではないかと、桂子は肩に力を入れて堀田をみつめていた。

「まことに申訳ないことですが、家内が病気で入院してしまったのです」

桂子は肩の力が抜けていくのを感じながら、

「どうなさったんですか」と心配の色をみせていった。

「癌ですよ」と堀田は唇を鋭く動かしていった。「心配しなくてもいいですよ。子宮癌のごく初期のやつで、手術をすれば問題はありません。手術は明日です。ただ、家内はまえから腎臓が悪くて血圧がやや高いのとアレルギー体質とで、このほうが厄介らしい。ともかく、そういうわけで手術後の経過もどうなるかわからないし、家内のほうはどう考えても一箇月後の式に出るのは無理だ。あなたのお父さんと山田君のお父さんにはきのう速達でお断りとお詫びの手紙を出しておきました。どうか勘弁して下さい」

桂子は顔を曇らせて堀田をみつめていたが、

「わたしたちのことなら御心配いりませんわ。それより奥さまのほうが……」と涙声になりかけると、堀田が手を振って、

「いいよいいよ。めそめそしちゃいけない。話がわかったら、あとは愉快に飲もう」と、自分で酒を注いで、次の酒を註文した。

桂子は気をとりなおすと、「手術が終って、少しお元気になられたころお見舞にあがりますわ」といって病院の名前と場所をきいた。

二月の終りに二日つづいた大雪のあと、三月にはいっても雪癖がついたような曇り空が多く、さらに二回ほど小雪が降り、桂子が堀田夫人を見舞に行った日は晴れていたが、風花が舞っていた。四階の病室の窓の外に、焚火の白い灰でも舞いあがったようなものが流れるのを桂子がみつけていうと、堀田夫人が首をもちあげて、「風花でしょうか」といった。

雪の花びらは、雲間の太陽から湧きだすようにあらわれて、風に舞っていた。桂子は着物を着て、髪もあげていたが、雪片は首すじにかかってもそれとはわからぬほどはかなくて、髪にとまったのもすぐ消えてしまうようだった。

病院から堀田の家までと山田の家までとは、ちょうど同じくらいの距離なので、桂子は帰りにどちらへ寄ろうかと迷ったが、自然に心が惹かれるのは堀田の家のほうだった。電話をかけてみて、堀田がいれば堀田の家に、いなければ山田の家に寄ることに決めた。

堀田は家にいて、

「これから酒を飲もうと思って台所でごそごそやっていますが、よかったら相手をしにいらっしゃい」といった。

「こんなに早くから晩酌ですの」と桂子は声の色を明るくして、「でもきょうは冷えこみますから陽のあるうちからお酒をいただくのもよろしいかもしれませんわ。さっきから風花が舞っています」

坂を上っていく途中の家に赤侘助が咲いていた。その一点の赤が残った眼には、堀田の家の庭に花の色もないのがひどくさびしいことだった。夫人がいないせいなのか、荒れた庭になっている。冬ざれの庭がそのまま残っていて、春を迎えて花を咲かせそうな草も木もない。堀田の家には庭木がなかった。玄関のわきに大きな青桐が立ち、あじさいと山吹があるだけだった。

「花の樹がない庭だからね。草は冬になると枯れてしまうし、今年の秋は桔梗も駄目でしょう」

「五月雨桔梗でしたら、梅雨のころから花を咲かせますから、雨の庭にあの色がとてもいいですわ。椿もいろんな品種があって、ほとんど年中、どれかが咲いています」

桂子は茶の花に詳しいので、椿の品種についてもよく知っていた。堀田に、毎年一本ずつ、ちがう品種の椿を贈りたいと思った。

夫人の入院中は嫂(あによめ)が来て晩の食事の仕度をしてくれていたが、きょうは都合が悪くて来られ

ないそうで、桂子は、

「お手伝いしますわ」といって台所にはいり、堀田夫人のエプロンを借りると、買ってきた寄せ鍋の材料を切って土鍋に盛った。

堀田の息子たち二人は鍋を囲んで食事をすませると、気詰りなのかすぐ自分たちの部屋に閉じこもった。

「わたしがお邪魔したおかげで何だか落着いて召上れなかったようで悪かったですわ」

堀田は酒を酌みながら、

「そろそろ思春期だからね。嫁入りまえのきれいな娘さんがあらわれると、まぶしいのと、くやしいのと、もうひとつこんな美人を相手に酒を飲むおやじが嫉ましいのとで、いささか割切れない気分になるらしいね」

「困りますわ」と桂子は顔を曇らせたが、桂子は、堀田の息子たちが、母の入院中に、はなやかな若さをふりまくようにして母親の代りをつとめ、父親と馴々しくするのをどうみているのかと思うと、ひどく居心地が悪かった。

桂子が後片附けをして帰ろうとするのを堀田は引留めて、応接間でチェリー・ヒーリングを飲もうといった。甘い酒だった。

「先生には少し甘すぎるようですわ」

堀田は顔をしかめるようにして一口飲んで、

「このところ、妙な気分ですよ」といった。「この一年、学生部長のほうはどうやら大過なく勤めて、あと一月足らずでお役御免となる。しかしそのあとにはなやかな大役がまだひとつ控えていたはずだ。媒酌人というのはこれまでに二回やって、今度は一番立派にやれそうだと思ってはりきっていましたがね。それに花嫁が牧田桂子だ。桂子とは妙な縁でよくこうして酒を飲んだりするようになったが、ふしぎなもので、いまでは自分の娘か自分の女みたいな気がする。そう、自分がつくった女のような気がしますね。媒酌人をやるというので緊張しているうちはよかったが、このほうも突然お役御免ということになると、自分の娘を嫁にやる父親みたいな感傷だけが残る。困ったものだね。たしかにこの酒は甘すぎて苦い」

桂子には堀田の気持がわかりすぎるので、ことばも出ずに顔を伏せていた。

「お父さんから御丁寧なお返事をいただきましたよ。披露宴にはぜひ出てくれとのことだが、いまの気分ではどうだかわかりませんね。つまり、媒酌人を下りた以上、普通の招待客として遠くから桂子の花嫁姿をみるという気分にはなれないかもしれない」

「そんなことをおっしゃってはいやですわ」と桂子は強くいった。「先生に出ていただけないような結婚式ならやめたほうがましだわ。奥さまと御一緒にいらして下さい。きょうのお話ですと、経過も順調なようだし、媒酌人の大役は勤まらないけれども披露宴には出られそうだとおっしゃってましたわ」

「女というものはむやみに結婚式に出たがりますよ」と堀田は皮肉を吐きだすようにいって、「家内は責任も感じないでそんな暢気なことをいってますかね。それより、いまから『媒酌人代行』をみつけるのは大変なことで、わたしもいま、二、三もう少し大物に当っているところです。山田君は、この件ではわたしなり牧田さんなりに一切おまかせしますといっていますが……」

「そのことでしたら」と桂子は眼に強い光を浮べて堀田をみつめながら、「わたしにも心当りがあるんです。わたしはそのかたにお願いしたいですわ」

「どなたですか」

「宮沢先生御夫妻です」

堀田はきつい眼をこらすようにしたが、うなずいて、

「結構でしょうね。お父さんやお母さんは何とおっしゃってますか」

「まだ話していません。反対されれば、今度は断乎、persuasion ですわ」

反対する理由は、もしあっても絶対に口に出せないはずだから、と桂子は思っていた。父や母もそうだし、堀田もそうだと思った。宮沢に媒酌人を頼むことで、桂子は宮沢が自分の父親であるかもしれないという可能性を、自分の手ではっきりと葬ってしまうつもりだった。異常

なやりかたではあるが、堀田にもそれが異常だという理由で反対はできないはずである。桂子はそう考えて、

「宮沢先生なら、山田さんもこのあいだ大学でお会いしたそうですし、御異存はないものと思います」とつけくわえた。

部屋を出るとき、先に立って扉をあけようとした堀田と胸が合う形になって、眼まで合うと、桂子はそのまま眼を閉じてもたれかかるようにしながら唇を受けた。唇が合ってしまうと離れがたい力が働きはじめたようで、桂子は舌を動かしながら長いくちづけをして体の力が抜けていった。

唇が離れると、桂子は額と額をつけて、相手の眼を自分の眼で食いつくすようにみつめてから、身をひるがえした。

宮沢三津子の「奥様時評」が昨年末で終っていたことに桂子は最近になって気がついた。月、水、金と週に三回のこの番組そのものもなくなっていたが、それに気づいてから二、三日後に、父の社で出た『宮沢みつ子評論集』の第五巻を父から渡された。毛筆で牧田桂子様と書いてあった。この巻の半ばを昨年中の「奥様時評」が占めていたが、あとがきによると、そこに収録された文章は、放送されたもののテープを文章になおしたものではなくて、しゃべるまえにあ

らかじめエッセイとして書いておいたものだという。それをいうと父もうなずいて、

「そうらしいね。あのひとはいい加減な即興で物をいうのが嫌いらしい。何か事件が起って、新聞や週刊誌から電話で意見をきいてきても、けっしてその場では答えないで、十分後にもう一度電話をかけさせるそうだ」

「媒酌人のことをお願いしたときもそうでしたわ」

「電話でそんなことをお願いしたのか」

「いいえ。至急お目にかかりたいと申しあげたら、どういう用件かきいておいたほうが都合がいいとおっしゃるので、お話しました。すると、会うかどうか、会うとしてどこでいつ会うかを十分後に返事するからもう一度電話を、ということでしたわ」

「会うことになったのかね」

「はい。ともかく今度の土曜日に泊りがけで大磯のほうへいらっしゃいということですわ」

「別荘兼仕事場のほうだね。じつはきょう社で会ったときには、主人にはまだ話してないが、自分としてはお引受けしてもよいと思っている、ということだった」

三津子は大磯の駅に着いて電話してくれれば車で迎えにいくといっていたが、念のために、と父が地図を書いてくれた。それから父は、

「卒業式は二十七日だったね」と確かめて、「卒業式がすんだら家の片附けにとりかかって、

桂子の新婚旅行中に引越すよ」といった。

四谷の高台に建っているマンションを買って、桂子と山田にこの家を譲り渡すという計画に桂子は最初は反対だったが、山田と相談のうえ、桂子の妹たちが片附いたら、またこの家に帰ってきて桂子たちと一緒に暮すということで話がついた。山田のほうも、最初は、未亡人になっている姉と住んでいる現在の家を、姉を田舎に帰して桂子との新居にするつもりでいたらしいが、桂子の父と話合った結果、この父の家を父から買いとるという形にして、その金は山田の父がもっている山林の一部を売ってもらえば出てくるし、桂子の父はその金を不昧庵の買いとりにあてるという。

「わたしが結婚するというだけで、ずいぶんややこしいことになりましたのね。大変な額のお金も動くようですし」と桂子は笑ってから、「不昧庵のほうはお父さまおひとりでお買いになるの」ときいた。

「いや、ふじのさんがいくらお安くしておくといってくれても、ひとりではとても手が出ない。宮沢さんと共同で買うことになる。その資金調達のためもあって宮沢さんは大磯の家を売ってしまいたいとおっしゃるが、売るのは勿体ないから、無理をしてでもほかで金をつくったほうがいいと説得しているところだよ」

卒業式を二日後にひかえて、桂子は学校に出かけると、それが目的のように堀田の研究室へあがっていった。風花の舞っていた日以来、堀田には会っていない。二、三日まえ、夫人が退院したらしく、本復祝の品をもって堀田が桂子の家に挨拶に来たとき、桂子は大磯へ出かけて留守だった。

桂子には風花の日に堀田と長いくちづけをしたことにも大したこだわりはなくて、自分ではやさしい挨拶の仕方のひとつくらいに考えていたが、堀田のほうにはこだわりがあるかもしれないと思いはじめると、それが気持を重くした。しかし卒業式で読む答辞については堀田の意見をきいておきたい点も二、三あって、そちらのほうが桂子の気持を促した。

堀田は机に向って、卒業資格を取りそこねた学生に対する再試験の採点をしていた。桂子は堀田にいわれて玉露をいれる用意をしながら十分ほど待った。

「やあ、お待たせしましたね。先日はどうも」といって堀田はいつもと変らぬ顔で桂子のまえに腰を下ろした。桂子も、あれはなかったことにすればよいのだと心に決めて、晴れやかな顔を向けた。

「日曜日にはわざわざ御挨拶にいらして下さったそうですけど、留守をしておりまして失礼いたしました。あの日は大磯の宮沢先生のお宅へうかがっておりましたの。例の媒酌人の件でお願いにあがったのですけれど、引受けて下さいましたわ」

「それはよかった。宮沢さんなら年齢、風格、身長ともにわたしより上だし、こうなってかえってよかったくらいですよ。それから、宮沢さんにはこの四月からうちの法学部に来ていただくことに決まりました。いずれは文学部にトレードして文学部長に、というかたですがね」

「わたしのときは残念なことになりましたけど、耕一さんのときは先生の御媒酌以外になさそうですわ。この一月に目黒の能楽堂で会ったときもそういっていました」

「宮沢さんからも耕一君からもその話はきいています。耕一君もあなたに劣らぬ佳人をみつけたじゃありませんか」

「わたしも大変うれしいですわ」

桂子はそういって顔中がかげろうに包まれるように感じながら眼を輝かしたが、このうれしさは簡単には説明することができないので、口を閉じたままほほえんでいた。

堀田が卒業式のことを話しはじめたので、桂子も顔を引締めた。

「結局、大した騒ぎもなく終ると思いますがね」

「前田さんが、転向した元全共闘からきいた話では、文学部の卒業式のとき、どこかでビラ撒きをする計画があるそうです。そのほかに、連中の思いつきそうなこととしては、とくにわたしの答辞や学長挨拶のときに『ナンセンス！』その他の口汚い野次を飛ばすとか、もらった卒業証書をその場で破るとか、君が代斉唱のとき一斉にうしろを向くとか、そんなことではないかと前田さんはいってましたわ」

「そのどれもできないでしょうね。それだけの勇気もありませんよ」と堀田は苦い顔でいった。

「わたしもそう思います。四年生の全共闘系学生はほとんどが落第したそうですけれど、もともと卒業式のような晴れがましいところに出てこられるような連中ではありませんわ。あの人相風体からしても」

「まさにその通りだと思いますが、あなたの答辞では、連中のことや去年の封鎖その他をどう扱いましたか」

桂子が堀田の意向をたしかめておきたいと思ったのもその点だったが、

「一切黙殺しようかとも考えましたけれど」と桂子はいった。「それもかえって大人気ないし、『欺瞞的』といわれるかもしれないと思って、そこのところは淡々とふれておくことにしました。昨年中は、封鎖、ストライキなどの異常な事態もあって、多くの学友に少なからぬ衝撃をあたえましたが、わたしたちはそれぞれの立場とそれぞれの仕方で、そこから学ぶ能力のある人間には学ぶことも多かったと思う、といった調子ですわ」

「なかなか結構ですね」と堀田はにやりと笑っていった。「さわりは、学ぶ能力のある人間には学ぶことも多かった、というところですね。そのところは少しゆっくりと明晰に読んで下さい。学生部長としては、その程度の挑発的発言には責任をもちますよ」

桂子はこの答辞のことでは山田とは相談しなかった。

華燭

卒業式の日は花曇に似た空で、風もない日和だった。桂子の袴姿をみて妹たちは「恰好いいわ」と大いに気に入ったようだったが、顔の小さめの桂子が袴をつけて、髪をあげ、形のいい耳を出した姿には、

「りりしい美少女の若武者みたいだね」と堀田にいわせるようなところがたしかにあって、人目をひいた。

堀田はほかの学生委員と一緒に正門附近に立っていて、桂子にそういうと、正門まえでビラを配っている学生たちの動静を注視した。文学部の卒業式が始まる時刻が近づくと、その数人の学生は講堂の入口に移動し、なかのひとりが式場にはいってビラを配ろうとしたが、その辺にいた前田たちに引きずりだされ、ビラを取りあげられた。

文学部では男子学生が三割にみたないが、この日は振袖や訪問着の女子学生とその母親ばかりが目立ち、男の学生は講堂の左端に薄汚れた鳥の一群のようにかたまってみえるだけだった。そのなかには野次を飛ばすような全共闘系の学生はいないらしく、起るのは拍手や笑い声だけで、式はとどこおりなく終った。

桂子は落着いて胸を張って答辞を読み、自分では宮沢三津子の声の出しかたを手本にして、さわやかにやさしく読み終えたつもりだった。式が終って講堂から出るとき、学部は違うが桂子をみに式場にはいっていたらしい宮沢と目が合った。宮沢は、「よかったね」というふうにうなずいてみせた。

夕方から赤坂のホテルで英文科、国文科合同の謝恩パーティがある。桂子は記念撮影が終ると、母や妹といったん車で家に帰り、訪問着に着替えて妹の運転する車で会場に出かけた。女子学生と踊るのを楽しみにしている教授もいるということを山田からきいていたので、振袖よりも訪問着にする気になったのだった。

「お姉さんはほんとに踊れるの」

「あなたみたいにゴーゴーしか踊れないのとはわけが違うのよ。ゴーゴーなんて文明人の踊りではないわ」

桂子は自分に酔って体をくねらすような動作が嫌いだった。儀礼的で形式のととのったものでなければ踊りではないと思っていた。

謝恩会は立食式のパーティで、女子学生たちは色とりどりの南洋の鳥のように、テーブルのまわりに群がって食べていた。江戸文学研究で名を知られた小高教授と放送研究会の女子学生と、二人の司会で、教授たちが次々に中央のマイクのまえに立って挨拶をした。しばらくたって、大分酩酊した様子の学部長が自分でマイクをとってしゃべりはじめたが、この文学部には国文、英文、仏文、社会学と四つの学科があるなかで、仏文科と社会学科は複雑な事情があるようで、こういう謝恩会も開けないのはまことに気の毒だ、といういいかたで、教師にも学生にも「全共闘」や「べ平連」、「造反」グループの多い両学科のことを皮肉った。

山田は桂子のそばに来て、

「また学部長の放言が始りましたよ」とささやいた。文学部長は小柄な英国風の老紳士で、若いころ長く英国で暮したこともあり、酒とダンスが好きである。

「そういうわけで、本日は奇しくもここに日英同盟が再現して、かくも盛大な二学科合同謝恩パーティが催されることになった次第であります」

文学部長はそういってからさらに上機嫌で話をつづけ、これは自分の一存であって山田さんには恨まれるかもしれないが、といって、桂子と山田が近く結婚することになっているという話を披露した。すでに山田、牧田両家の名で文学部の教員全員に招待状を出してあったので、教師たちは無論この話を知っており、学生のあいだにもある程度洩れていたことだったが、女子学生たちは嬌声に似た声をあげ、つづいて拍手が起った。山田がそのことで挨拶させられて、桂子を結婚の相手に選んだのは、二年次で一度桂子を教えたが、

「そのとき、一度も遅刻や無断欠席をしなかったこと、あてられて『やってきていません』といったことがなく、きちんと訳したことが印象的でした」というと、学部長が、

「それだけでもないでしょう」と冷やかした。

山田は笑って、

「きょうはとんだ『追及集会』になりそうです」といった。

「そうだ、もっとやれ」という声がしたのはひどく酔っぱらった小田切だった。

みると、同じホテルで謝恩会をやっていた法学部の前田たちが十数人、女子学生の多いこちらの会場に「不法侵入」してきたらしく、小田切ほか二、三名の「造反」教師を囲んで無理矢理に酒を飲ませているところだった。

桂子のところへは、日頃あまり親しくもなかった女子学生がやってきては、したり顔に、

「このたびはおめでとうございます」などと挨拶した。なかには眼が笑っていない顔もあって、桂子のほうも微笑を浮べているのに疲れ気味だった。

やがて学生のバンドが到着すると、学部長は早速桂子にダンスを申込み、何曲も桂子を独占

して踊った。酩酊した老人とは思えない上手な踊り手で、桂子は自分の体が信じがたいほど自在に動くのを感じた。踊りながら学部長は、

「じつは山田君にはわたしの娘をもらっていただこうと、ひそかに狙いをつけていたが、あっという間にこんな美女を射止めるとは、山田君もなかなか油断がならない。とにかくあなたが山田君と結婚することに決って、自分の娘を嫁にやる以上にうれしいですよ。式のときは勿論和装でしょう」とたずね、桂子がうなずくと、「きれいな花嫁姿でしょうね。楽しみにしていますよ」といった。

男の学生たちは遠慮したのかだれも桂子に申込まなかった。桂子は前田を誘った。「下手だから」と照れていたが、踊ってみるとなかなか上手だった。たくましい肉の彫像を抱いて動かしている手応えがあって、体が熱くなるようで、桂子は少し呼吸を乱した。

「招待状、有難う。土曜日だから、会社から直行すれば間に合いそうだ。スピーチには弱ったなあ。まじめに、おもしろおかしくないことをいうよ」

桂子は同じゼミの女子学生は全員招ぶことにしてあったが、友人のスピーチは前田だけに頼むつもりだった。

「媒酌人は宮沢さんのお父さんだって？」と前田は声を落していった。「一体どうなってるの？　まさか宮沢さんまで出席するんじゃないだろうね」

「できれば出席していただきたかったけど」と桂子は笑って、「何かと参考になることもあるでしょうし。耕一さんはこの秋に式を挙げることになっているの。これにはわたしも出させていただくわ」

前田たちの「不法侵入」を心配して堀田も様子をみにやってきた。桂子は、よく踊れないという堀田を無理に誘って、ステップを教えながら踊った。堀田もかなり酩酊していた。

「桂子はキスも上手だが、ダンスもうまいね」

桂子は尖らした自分の口を、指で縦に封印する真似をした。

帰りは堀田、山田と一緒だった。三人で桂子の家に近い喫茶店にはいってウインナ・コーヒーを飲んだ。それは彼岸花が咲いていたころに、堀田の家で見合の話とともに耕一と結婚できない理由らしいものをほのめかされて、その帰りに桂子が迷いこんだ店だった。堀田にその日の話を思いださせるように、

「何しろ大変ショッキングなお話でしたから」と桂子はいった。「気がつくとこの店でウインナ・コーヒーを飲んでいましたわ」

山田は桂子が見合を勧められたことをいっていると思ったらしかった。

「明日は鬘合せに行きますわ」と桂子がいうと、山田は、

「わたしのほうは仙台平の袴と黒羽二重の紋付の羽織ができあがるようです」といった。

式の前日は父も早めに帰ってきて、ゆっくりと夜の食事をした。出入りの魚屋に頼んで造らせた鯛の活造りが食卓の中央で頭を立てているのは、父を除いて女ばかりの家族では、いささか豪壮すぎるようでもあったが、

「こういうのでもみながら飲まないことには、気が滅入ってくるようだ」と父はいって、桂子の酌で盃を重ねた。桂子もいつもよりは二杯余分に飲んで、食欲もさかんだった。

食事のあと、桂子が妹たちとテレビをみていると、母は桂子に早く休むようにとしきりに気をもんでいたが、桂子のほうは、九時になったら式場で必要な小物や旅行鞄のなかをもう一度点検するつもりだった。そのまえに庭下駄をはいて花の匂いのこもった春の夜の庭に出てみると、ひらきかけたこぶしの蕾がうすくらがりに白く浮んでいるのは、気味が悪いほど赤ん坊の拳に似ていた。蓮池の水の光り工合も、春の宵の空気のつづきのようになまあたたかそうだった。春の暮はそのまま暮の春で、自分の身が行くのと春が行くのとが、区別もつかずに惜しまれる気がする。

茶室のほうから香の匂いがするようだった。桂子は蓮池をまわって茶室のほうへ行ってみた。縁側に父が肘をついてねそべっていた。

「お風邪を召すわ」と桂子が声をかけると、父はそのままの姿勢で、

「大丈夫だ。眠ってるんじゃない」と、その口ぶりではさっきから桂子の姿を眺めていたようだった。「いやに暖かいね。明日雨でも降ると大変だが」

「大丈夫らしいですわ」と今度は桂子がいった。「天気予報では花曇りだそうですわ」

「一服点ててもらおうか」

父はそれを待っていたようにそういうと、茶室にはいった。桂子はいつものように濃茶を薄めに点てた。

「去年にくらべると大分上手になったね」

「ふじのさんにいわれて、一見無造作にみえるようにと、気をつけているつもりですけれど」

といってから桂子は、この松の内過ぎにこの同じ畳に坐っていたふじののことが気になって、

「その後御病気のほうはどうなりましたかしら」

「式のまえにあまり縁起のいい話ではないが、やっぱり助からないようだね。この夏の終りまでがせいいっぱいだそうだ」

「いま、不昧庵のほうにいらっしゃるんですか」

「いや、もう府立医大の病院にはいったのかもしれない。おまえたちが新婚旅行に京都と奈良へ行くことを知らせたら、間違っても旅行中に見舞に来たりしてはいけないと、えらくきついお達しだよ。あまりひとには会いたくないそうだが、それよりもおまえたちに死ぬと決った人

間の顔をみせたくないのだろう。お祝いもさしあげないといっていた」

しかし桂子には、例の茶道具は五月に新茶と一緒に送るという手紙が来ていた。

「もうそろそろ寝るかね」と父がいった。「今夜は落着かないだろう」

「ええ」と桂子はうなずいて、「でも思ったほど不安はありませんわ。よその家に嫁いでいくという感じがないからでしょうか。お父さまとお母さまにこの家を明けていただいて、申訳ないようですわ」

「もっともここはもうおまえだけのものじゃない。山田君と共同の名義になっているからね」

そういってから父は腕組みをしてしばらく黙っていた。

「ふしぎなもんだね。娘は三人いても、ほんとの娘はおまえだけのような気が、まえからしている。あとの二人は附録みたいなものだ。親の口からこういうことをいってはいけないが、正直なところそうなんだから仕方がない。最初に嫁にやる娘は、どこの父親にとってもそういうものかもしれないね」

桂子も、そうだというふうにうなずいた。父が、自分のではないかもしれない娘であるだけにこんなふうに考えているのかと、桂子の心は鋭く働いたが、眼にはすなおに涙がにじんだ。

「妹たちを片附けて、早くここに帰ってきていただきたいわ」と、それだけを桂子は涙まじりの声でいった。

母の声が桂子を呼んでいるのがきこえた。

鬘の重さは覚悟していたが、それよりも打掛を着たときの予想外の暑さに桂子は驚いた。まだ冷房のはいらない季節で、披露宴の会場も桂子にはかなり暑かった。会場にはいるまえ、桂子は山田と眼が合ったときに、「暑いわ」と小声でいった。

神前結婚の式場でも、披露宴の会場でも、三津子がこまめに世話を焼いてくれるので、桂子は手際のよい看護婦にすべてを任せている患者のように気を楽にしていることができた。

宮沢は媒酌人としてそつのないことをしゃべり、型通りに桂子は「才媛」に、山田は「秀才」にされた。桂子の卒業論文をほめたところでは宮沢らしい表現が出たが、桂子はふと、宮沢が山田を通じて桂子の論文を読んでいるのではないかと思った。堀田は牧田家の主賓格で、桂子については、何をやらせてもAクラスの仕事ぶりで、女にしておくのは惜しいようだが、それでいて桂子が女であるのはよろこばしいことだ、というようなことをいった。山田の主賓は文学部長で、相変らず軽妙な祝辞を述べ、桂子の父の仕事の関係者も型通りの祝辞を述べたあと、友人代表では前田が、つい十日ほどまえまで学生だったとは思えない、落着いた勤め人の口調でスピーチをした。適当にユーモアがあって、しかもいわゆる「旧悪暴露」型の話にならなかったのが桂子はうれしかった。

六時過ぎには京都に着けるので、会場のホテルにそのまま泊るのはやめて、初夜は京都のホテルで過すことにしてあった。東京駅までの見送りは親戚のものも断っておいたので、ホームで見送ったのは、桂子の父、母、妹と、山田の父と姉、それに宮沢夫妻と堀田であった。泣きだしそうにしている母には、「行ってまいります」とだけいって、桂子は目立たない服装で列車に乗りこんだ。妹二人が発車間際まで窓に張りついて声のきこえない口を動かしていた。

夢の浮橋

夏は一週間ほど信州の高原に出かけただけで家で過したが、桂子は夏痩せもせず、かえって少しふとったようだった。細かった二の腕にも丸みがついた。桂子にいわせればこれは、「台所でよく働くせいですわ」というわけで、訪ねてきた父と母にもそういって笑った。

去年の仲秋は無月だったが、今年は天気もよさそうで、桂子は「月見台」を出して、満月の日には父と母、妹たち、それに山田の姉とその子ども、堀田、前田などを招ぶつもりでいた。

当日の朝、母から電話があって、

「これからお父さまと一緒に京都へ行かなければならなくなったの」といってきた。「ふじのさんが亡くなって、きょうの午後二時から告別式なの。今度は不昧庵で泊ることになるわ」

ふじのの死をきいたとき、桂子は残っていた夏のけはいも消えて、秋が始ったような気がし

た。桂子は自分も一緒に告別式に出て出棺を見送りたいような気がしたが、そのことをいうと、
母はいつになくきっぱりと、
「あなたはその必要はありませんよ」といった。そして宮沢夫妻と一緒に行くが、耕一も一緒
だとつけくわえた。
「耕一さんも……」と桂子はいいかけたが、母は急いでいるらしく、電話を切った。
四月に東京に転勤して、結婚式も東京で挙げることになっていた耕一が、その式を翌々日に
ひかえて、生みの母の葬儀にだけは出ようと決めた気持を自分も胸で感じると、桂子はかなし
かった。夜は父と母を除いて招いた客はみな集ってにぎやかだったが、桂子は気持がはずまな
かった。しかし空は雲もほとんどない名月で、芒の穂もさわやかに光ってみえるようだった。
客が帰り、ばあやも後片附けをして寝てしまったころ、桂子は山田と二人でもう一度「月見
台」に出た。桂子は薄茶を運んだ。
「今夜の桂子は妙にかなしそうにみえたね」と山田がいった。「月が晴れていると、あばたも
はっきりみえるようなもので、桂子は冴えた明るい顔なのでかなしいときにはその翳がすぐ顔
に出るね。ちょっとみたところは満月みたいに輝いているが、慣れてくるとわかる」
「ふじのさんが亡くなったんですわ」
桂子は山田に肩を抱き寄せられてやわらかくなりながら、

「ほんとうはわたしも告別式に出たほうがよかったかもしれませんけど、母たちにその必要はないといわれて」

山田は少し考える様子をしてから、

「弔電は打っておいたの」とたずねた。

「はい」と桂子はうなずいて、「あのかたにどういう御家族や御親戚があるのか知らないし、そのひとたちには義理もありませんけど、仏さまになったあのかたに対しては、何かしないではいられない気がするの。耕一さんもそういう気持で告別式に出かけたのではないかしら。わたしも、秋の花野を行く葬式の列を、夕陽の下で見送りたいような気持だわ」

その翌日の午後、父と母と宮沢夫妻は京都で一泊して帰り、母からの電話では、耕一だけは告別式のあと、その夜の新幹線で東京に帰ったということだった。

耕一の式の前日、山田は仕舞の稽古に出かけたが、帰ってきて、稽古場でまり子に会ったという話をした。

「準備はもうすっかりできたのですかときいたら、にっこりして、もう大体終りましたといっていたが、いつもと変らず、稽古をして帰ったそうだ。今夜はぼくのほうも『高砂』のおさらいをしておかなくてはね」と山田はいったが、耕一とまり子の披露宴では、山田が謡うことになっているのだった。桂子と山田のときには、山田の師の、先代家元の高弟にあたる老人が謡ったが、今度はこの老人が病臥中であり、まり子の直接の師である家元の次男も、式の当日は水道橋の舞台に出ることになっていた。それで、まり子とは稽古場でよく顔を合すようになっていた山田が、まり子の頼みで「高砂」を謡うことになっていたが、

「ぼくが謡うのはいいが、そもそも式に招ばれるのはどういう資格でか、何となくはっきりしないようでもあるね」と山田は笑った。「新郎の親友の山田桂子の夫ということなのか、新婦の友人ということなのか、まあその両方だろうがね」

「わたしのほうもおかしなものですわ」と、桂子は和箪笥から祝鶴の色留袖を出して調べながらいった。「宮沢家の親戚扱いだそうですけど、何だか兄の結婚式にでも出るような気持になるわ」

「兄では困るよ」と山田は桂子の眼をみつめながら謎をかけるように笑った。

「なぜですの」

「桂子と宮沢君が兄妹では、いつか桂子がいっていた swapping も成立たなくなるからさ」

桂子はかすかに顔を堅くしたが、山田のことばをまったくの冗談ととったふりをして笑いだした。しかし心のなかに笑っていない部分も残った。「交換」ということは、まえにまり子の話が出て山田がまり子をほめたときに、桂子が冗談めかして、「一度わたしとまり子さんを取換えてごらんになるといいわ」といったことから、山田とのあいだでは公然の冗談として繰返

されるようになっていたが、耕一と桂子が母違いの兄と妹であるかもしれないという話は、桂子のほうからは一度もしたことがなかった。父と母と宮沢夫妻とのあいだの swapping についてもまだ話していない。勿論、その機があれば話してみるつもりはあった。何をきいてもうろたえたり激したりしないことにかけては山田は桂子以上だったので、このことも、話せば山田は興味をもってきき、そういうふうになったことも止むを得なかったとして、現実にあるものは何よりもまずそれなりに合理的であるからそれを拒否しようとしても仕方がない、それは物事を始める場合のあたえられた前提としなければいけない、という山田独特の考えかたでうまく片附けてしまうだろう。桂子はそう考えていたので、その夜の寝物語にこの話をもちだしてみた。

「きょう、あなたは耕一さんとわたしが兄と妹では困るとおっしゃったでしょう」といいながら、桂子は少し汗を掻いてはずんでいる山田の胸のうえにやわらかく融けたあとの体ではいあがるような姿勢になった。

「そんなことをいったかね」

「おっしゃったわよ。とぼけたりして、いや」と桂子は山田の胸を軽く咬んでから、「でも、それがほんとうかもしれない可能性があるの。わたしの父と母と、耕一さんのお父さま、お母さまとは、swap をやっていた仲なの」

山田は驚いたような声をあげて、それはほんとうかといったが、それは声だけのことで、大して驚いているふうでもなかったので、桂子は安心した。山田は感心したように桂子の説明をきいてから、

「ありうることだろうね」といった。「人間の考えることでそう驚くべきことはないし、swappingにしても、思いつきは陳腐なのかもしれない。問題はそれをいかにみごとに実行するかということだろうね。まず、それを実行するにふさわしい夫婦が幾組かいなければならない。つまりみんなが同じAクラスの人間でなければならないということだ。それがみんなぼくたちと同様に物わかりがよくなければならない。そうなると、あとはだれにもさとられないで優雅に実行する方法如何ということで、工夫と熱心さの問題だろうね」

「父たち四人組は、ふじのさんの案内を受けて月に一度不昧庵の茶事に嵯峨野まで出かけていたの。去年の三月に、わたしと耕一さんと嵯峨野を歩いていて、その取換えをした二組を二尊院と祇王寺でみましたわ」

事実とはやや違うが、いまではそれが事実であるかのように桂子は話した。

「桂子にみられて勘づかれたことを、お父さんたちは御存じかね」

「うすうすは」と桂子はいった。「その茶事は去年いっぱいで打切りになっています」

「まずかったね。われわれはもっとうまくやらなければね」と山田は眠そうな声でいった。

桂子も山田に抱かれたあとの、舌まで痺れたような物のいいかたで、

「そうなの。わたしたちならもっとうまくやりますわ」といった。

「しかし桂子と耕一君が兄妹かもしれないというのは、大勢の人間が知っていることかね」

「知っているのはあの四人組だけ、そして事実を知っているのは母だけではないかしら。その四人のうちのだれかが、わたしに教えてくれたわけではないの。わたしの想像です。ただ、それをたしかめるために父や母を追及する気はないの」

「それは賢明だね」と山田はいって、桂子の裸の背をあやすように叩いた。「確かめなければ、桂子のその hypothesis は verify されることも、falsify されることもないわけだ。わかったかい?」

「はい、先生」と桂子は甘い声でいった。

「まあしかし、桂子と耕一君の結婚を両方の御両親が『粉砕』しようといろいろ画策したところをみると、それが事実である可能性も強いがね」

「わたしは信じないことにするわ」と桂子はいってまた山田に抱かれた。

桂子は結婚して一月もたたぬうちに山田の体やその動きにすっかりなじんでいたので、抱かれるとすぐ骨が抜けてしまうようだった。山田もそのたびに桂子の快楽の底まで掘り下げてしまうようで、桂子は我を失い、小さく声を出して、それに自分では気がつかなかった。

しかしこれはあくまで体のるつぼのなかで快楽が融けているのだということは桂子にもわかっていて、あの別の世界へさまよっていく感じではない。それは桂子が二人の桂子に分れてそのひとりが橋を渡って向う側へ行ってしまうような戦慄とは関係のない、健康な快楽だった。橋の向う側から桂子を呼んでいるのは、恐らく耕一であるらしいが、その声は、耕一が自分を妹と知ったうえで恋人にしたのではないかと想像したときから、桂子の耳の底に届きはじめている。それが山田との生活を腐蝕する危険のあるものならば、桂子は死ぬまでその声には耳をおおっているつもりだった。生きているかぎりは、山田を失うことは考えられなかった。しかし山田やまり子もふくめた四人であの橋を渡って、世界の裏側へ踏みこんでいることにも気づかずに、子どものように遊ぶことはできないものだろうか。それができれば、と桂子は夢心地で考えていたが、山田を夫に選んだのも、そういう遊びに加われる人間らしいという直観が、桂子には確実に働いていたのかもしれなかった。

耕一の結婚式が終り、耕一とまり子が羽田から北海道に発つのを見送ったのち、桂子と山田は羽田で宮沢夫妻や堀田と別れて車で横浜に出た。羽田から車で二時間近く走って帰るのは億劫だから、この日はどこかで泊ろうということになっていた。

ホテルに部屋をとると、桂子は色留袖を短い花模様のドレスに着換えた。

元町や山下町を歩くのは、去年の七月に堀田と来て以来のことであった。土曜日で、中華街には船員風の外国人も多かった。空には秋の鰯雲がひろがっていたが、午後の強い陽ざしを照りかえして揺れる海の面には、まだ夏の名残りが破片のように浮んでいるようにみえた。

山下公園のベンチで山田の肩にもたれて羊に似た雲の群れや白い船の群れをみながら、桂子は肉身を遠くへ送りだしてきたような胸の空虚をおぼえた。その空洞の壁から感傷の透明な汁のようなものがにじんでくるのがわかった。

「あの二人はもうずいぶん遠くを飛んでいることでしょうね」と桂子は長い睫毛の眼を細めていった。「まるで異国の空へ飛んでいったみたい」

「いまごろの北海道は夏が終ったところで、閑散としていていいさ。しかし車を借りて走りまわるとは耕一君も大変だね。若いんだね」

「まり子さんも運転ができるから、交替で運転して、原生花園やひとの来ない湖まで行くのでしょう」

「ところで、あのまり子さんはどうだろう」

山田が急に何をいいだしたかは桂子にはすぐわかった。前夜の寝物語のつづきで、まり子を桂子と取換える話だった。

「素質は充分あるひとだと思います」と桂子は九月の風に髪をふくらまされながらいった。

「あとは耕一さんの腕次第で、これも信頼するほかないわ」

「ぼくが心配しているのは、あのひとのやわらかさの問題だが、いまは堅くて自由に屈伸させにくいひとのようだけれども、ほんとうは驚くほどやわらかくなりそうな気もする。育ちのいい人間は、みかけが堅そうなままで、いくらでもやわらかくなることがある。つまりだらしなくなったり汚くなったりしないでやわらかくなるひとが多い。そうでないと、桂子と耕一君の組合せはいいとして、ぼくとまり子さんの組合せが成立しないからね」

その夜桂子は山田に、それまでみせたことのなかった裸を光のなかではじめてみせ、自分も山田の体にそれまでしたことのなかったことをした。同じ時刻に耕一がまり子にしていることを想像したためにそうなったのではなかった。たがいにはじめて相手の肌にふれるあの二人に、いまの自分たちのように天真爛漫な獣のたわむれかたができるとは信じられなかったので、桂子はまり子の恐怖と羞恥と苦痛ができるだけ軽いことを願うだけだった。桂子の心を狂わしていたのは、いつか耕一になじんでやわらかくなったまり子が、いまの自分と同じやわらかさで山田とたわむれるだろうという想像であった。その観念が肉に化したのがいまの自分の体であるように思われるのだった。

山田が学会の雑誌の編集をやっていることもあってこの秋から忙しかったので、

「今年は高雄のほうへ紅葉をみに行く暇もなさそうだわ」と桂子が電話で母にいうのをきいていたのか、

「そのかわり次の土曜日に『紅葉狩』を観に行こう」と山田がいいはじめた。

秋になると能の公演が多く、土曜、日曜はどの能楽堂でも各流の例会や特別の催しがあったが、桂子はひとりで水道橋と大曲へ一度ずつ出かけただけだった。今度は目黒なので、この一月に「翁附高砂」を観たときのように、そこで耕一とまり子に会えるかもしれないということがすぐ桂子の頭に浮んだ。

「耕一君たちにもしばらく会ってないが」と山田は桂子の身内のもののことをいうような調子で、「『紅葉狩』のシテはまり子さんの先生がやられることでもあるし、きっと二人でやってくるだろう」といった。

能を観ることよりも耕一夫婦と会えることのほうが期待の大きな部分を占めているのは、桂子ばかりではないようだった。

寒くなってからそれが習慣になっている、ひとつの床で肌を合せてする寝物語も、その夜は自然に耕一とまり子の話になって、

「あの二人、うまく行っているかしら」と桂子が口を切ると、

「それで『紅葉狩』のときに二人に会うのが楽しみなんだがね」と山田も応じた。

耕一とまり子が北海道へ新婚旅行に飛び立ったあと、会ったのは、旅行から帰ったとき二人で桂子の家に挨拶に来たのと、その次の日曜日に桂子たちが招かれてむこうの新居に出かけたのと、二度だけだった。新居は芝生のある当世風のブロック建築だったが、何もかも新しいなかで、まり子の明るさが太陽のように家のなかの照明になっていた。耕一の妻という関係に箱詰めにされている窮屈さはまったくみられなくて、朝の空気に似た透明な夫婦関係のなかで何の屈託もない様子だった。桂子は山田と目くばせしてほほえんだが、どうやら順調らしいというう以上に、この明るさの光源には夜の生活の甘さがあることも感じられた。しかしそこまでは山田には話さずに、「よかったわ」とだけその帰りみちでいったのだった。

能楽堂までの高台のみちは桂子の好きなみちのひとつで、葉の落ちる樹が衰えた色の葉をわずかにつけて立ち、白い建物に秋の終りの弱い陽ざしがあたっているのは、蒼ざめた水彩画をみるようだった。その淡彩の絵のなかを、洋裁学校の若い娘の一団が色とりどりに歩いている。桂子にはそれが、赤や金銀に輝く落葉が地を舞っているように思われた。娘たちの笑い声もシンバルを打ち鳴らす音楽をきくようだった。

楽屋へ挨拶に行った山田を待っていると、客席のほうから耕一が出てきた。桂子はそこで人目を忍んで耕一を待っていたような気が一瞬して、笑いかけた顔が凍ってしまいそうだった。耕一が自分とどういう関係の人間であるかもわからなくなっていた。遠くで音楽が鳴っているのだけがわかる。さっきのシンバルや金管のある音楽のつづきのようでもあったが、はるかに幽遠であった。着ているものや肉や骨までがそれに合わせて脱げおちた。あとに裸の霊魂だけが残って、耕一の、これも霊魂としか名づけようのないもののまえでゆらめいていた。

「どうしたの。気分が悪そうだね」と耕一の声がした。「山田さんは?」

融けあった霊魂の震えを感じるようにその声をきいて、桂子は自分の体を夢にひたされた水死体のように感じながら、ゆっくりと腕をあげて楽屋のほうを指さした。それから耕一に肩を抱かれるようにして耕一たちの隣の席に連れていかれたが、桂子は、

「あなたと二人きりになると、わたしは血がなくなって死にそうになるわ」と、他人のもののように思える声でいった。

楽屋で出会ったらしい山田とまり子が席に帰ってきたとき、耕一は桂子の蒼い顔をさして、

「軽い貧血のようです」といった。

「楽屋のまえで急にめまいがしたところへ、ちょうど宮沢さんが通りかかって、ここまで連れてきていただきました」

桂子は、もう大丈夫というふうに、はっきりした声で説明しながら弱い微笑を浮べた。

「紅葉狩」のまえに「鸚鵡小町」があって、これは山田もときどき稽古をみてもらっている先代家元の高弟が、古稀を過ぎた老体で、流れているともみえずに流れる水のように舞った。肉

が融けてなくなった感覚がつづいている桂子には、その水の流れが冷たくしみとおるようだった。まえに同じシテで「芭蕉」を観たとき、ほとんど風の香りに近い植物の精に包まれて我を忘れたのが思いだされた。狂言の「くさびら」のあいだに桂子はようやく「貧血」から抜けだして、いつもの自分をとりもどした。「紅葉狩」に対しては生き生きと心が動いて、凄くてにぎやかでかなしげな鬼と一緒に桂子の心も踊った。

「ぼくには『鸚鵡小町』のほうがよかったですね」と耕一が山田にいった。「ああいうのが割に好きなんです」

「それは珍しいですね。普通のひとは単調で退屈だというようですが、ほんとうの能の気分という点では、やはり『鸚鵡小町』でしょう」

桂子は黙っていたが、きょうは母が来て留守番をしていることを思いだすと、これから耕一とまり子に家に寄ってもらっては、と山田にいい、そういうことにきまって四人は車を拾って桂子の家に向った。

「あすは日曜ですし、今夜はいくらでもゆっくりしていただいていいですわ。遅くなったらいっそお泊りになれば」と、桂子ははしゃいだ声でいった。

桂子は父の知人から分けてもらった椿の苗木の数本を堀田の家に届けようと思った。去年の秋と今年の冬にみた、花の咲く庭木のない堀田の家の庭のさびしさが気になって、そのうちに椿でも贈ろうと思っていたのが実現することになったわけで、早速電話をかけてみると、夫人が出て、その日曜日には耕一が訪ねてくることになっているという話だった。

「よろしかったら桂子さんもお二人でどうぞ」と堀田夫人はいった。そのことを山田にいったが、山田は翻訳の仕事が忙しいおりだったので桂子ひとりで行くことになった。土曜日の夕方、買物に出たときに耕一の家に電話をかけてみると、耕一が出た。

「あすはまり子さんも御一緒でしょう?」

「あすはぼくひとりだ。まり子は、きょう、あすとお里帰りだよ」

「それではまた耕一さんと二人になるけど、今度は貧血は起しませんから」

「ばか」

耕一のそのいいかたは、おそらくまり子に対して使いなれている、ことばでの愛撫の一種が桂子に対してもつい出たもののようであった。桂子はそうにちがいないときめて、電話ボックスを出てからもしばらく顔に微笑を残していた。

約束した時刻に坂のうえで耕一と待合せて行くと、玄関に出てきた堀田夫人は二人をみてはっとしたように眼をみはったが、堀田は、

「おや、きょうは片割れずつですか」と笑って、早速酒を運ばせた。

酒の相手は耕一がして、話の相手はもっぱら桂子がした。堀田にとっては、桂子を相手に去年の「全共闘」とのいくさを振りかえったり、「造反教師」の悪口を並べたりするのが何よりの楽しみのようだった。そしてそのあとは桂子と耕一の、それぞれ違う相手との結婚のことが語り飽きない話題で、

「ほんとうならわたしが二つとも媒酌をさせてもらうはずだったが、この桂子のときはうちの奥方が入院したために、止むを得ずきみのお父さんに媒酌人代行をやっていただいたわけだ。しかし何かこれは変な工合だぞ。そうだ、そもそもここにいる二人が結婚してしまえば、わたしが一度だけ媒酌人をやれば片附いたんだがね。どうも無駄の多いことだ。まあ、いろいろと事情もあったようだから仕方がないが。しかしいまこうやって眺めると、きょうはお似合いの夫婦が訪ねてきたような気がしてしようがないね。大分酔眼朦朧としてきたらしい」

「でもよくごらんになれば、わたしたちは夫婦とはみえないはずですわ」

「何者同士にみえるかね」

「兄妹とも違うようですね」と耕一がいうと、堀田は多少険しい顔をしたが、

「いや、しいていえば兄妹だな。従兄妹同士かもしれない。いずれにしても、お二人はふしぎな類縁関係をもった組合せだ。ある種のカップルには違いないが、やっぱり夫婦にだけはなれないようだね」

「あまりきわどいところまで追及されないうちに退散したほうがよさそうですわ」と桂子がいった。

堀田は坂の下まで二人を送ってきた。陽の届かない坂の下はもう暮れかけていたが、坂の上にはまだ夕陽が残っていた。そのあたたかそうな光の燃え残りのほうへのぼっていく堀田を逆に見送りながら、桂子はほっとした。

「先生もきょうは大分酔っぱらったね」

「まえより少し弱くなられたようだわ。去年は最前線に立っている司令官のようなところがあったけど、いまは退役軍人で、何だかさびしそう……」

そういいながら桂子は、一方では、娘を嫁にやってから急に老けこんだ父親に会ってきた娘のような気持を味わっていた。酔っぱらうと桂子のことを「桂子」と呼び、「桂子を山田君にやるときに自分の娘のように惜しい気がした」とまで洩したのは、堀田にしては珍しい精神のゆるみがあったらしい。それが桂子にはかなしかった。耕一が一緒でなかったら、いつかしたように、別れの挨拶に唇を重ねたかもしれないと思った。

桂子は紅大島の肩を並べて歩きながら、まえに二度行ったことのある古い喫茶店のほうへと耕一を誘った。堀田の家で山田との結婚話をきいて、それと同時に耕一との血のつながりをほのめかされた日に、夢遊中の心地で迷いこんでウインナ・コーヒーを註文した店である。いまも見覚えのあるウェイトレスがいて、古い時計や鏡や火縄銃などのコレクションが並んでいた。

「ウインナ・コーヒー二つ」と桂子は註文して、いまでは、というのはこのあいだの「貧血」以来、自分にとって何者だかわからなくなった耕一のまえに坐った。大阪でも神戸でも、そしてもっとまえには《マロニエ》でも、こうやって向いあっていた時間があり、それらのつづきがいまの時間のように思われた。

しかし能楽堂のときとは違って心には弾みがあり、心が妖しくなるけはいはなかった。耕一との、以前から変らない関係がよみがえって桂子を落着かせたようでもあった。

桂子が眼に笑いの色を浮べながら、

「まり子さんとはその後いかが？」というと、耕一も同じ色の眼をして、

「すべて順調」といった。

「わたしのほうもよ」

「すべて思いえがいた通りになっていく。予想外のことも起らないし、別に齟齬を来たしたこともない。まり子との関係についてはそんな調子で、オリュンポスに棲む一族の生活に似た生活がつづきそうだ」

「わたしのほうも、三箇月でそういう生活ができあがったようだわ」と桂子もいった。「山田も、あなたとは違うにしても同じ神の一族のひとりで、その限りでは申分ないわ」

「ぼくにとってもまり子は、きみがアテーネーならアルテミスだかアプロディーテーだか知らないがとにかく別の女神であることは間違いなくて、結構なことだ。ただ、ひとつだけ困るのは、あのあとでまり子の名を呼ぶときに、思わず『桂子』と口に出そうなことだ」

「あなたはあのときに相手の名前を呼んだりなさるの？」

桂子はからかうような眼をした。

「あのときに呼んだりするわけないじゃないか」と耕一はややむきになっていった。「あのときのあとでだよ。そのまま沈んだり、どこかへ漂流していったりするといけないから、救命ブイを投げてやるわけだ。そういうとき、気がつくと頭のなかで繰返し呼んでいるのはきみの名前だ。どうも習慣というものは恐しい」

桂子はまだ一度も山田を名前で呼んだことがなかった。死ぬまで呼ぶことはないだろうと思っている。快楽のたかまりとともに意味のない声を洩らすことはあっても　別の生きもののようにことばを発する霊魂は山田に対して眠ったままである。

「最近、まり子は山田さんの紹介で、菊田という、先代家元の高弟に稽古をみてもらっているようで、山田さんの話をよくきかされるよ」

「それはいい徴候ね」と桂子はいった。「山田も最近、きょうは稽古のあとまり子さんとエクレアを食べた、などと話して楽しそうな顔をすることがあるの。まり子さんが山田やわたしに馴れてくれるとうれしいわ。四人がもっと頻繁に会えたらいいけれど」

「これはまり子の思いつきだが、ぼくと二人できみのお母さんにお茶を習いたいという話も出ているんだ。桂子さんのところには立派なお茶室もあるし、と、このあいだきみの家に行ってから大分乗気になっているようだよ」

桂子はその話をきくうちに、小春日和の薄雲のあいだから出た太陽に体中があたたまってくるような気がしてきた。耕一とまり子と山田とで、あたたかい毛の塊のように日だまりに体を寄せあっている仔犬になれそうなのがうれしかった。swappingといった野暮なことばとは無縁の、優雅な関係をつくっている人間の姿が浮んで、桂子の胸のなかを明るくした。

三月の半ばを過ぎても嵯峨野は底冷えがして、木の花には侘助や菊更紗が目にとまるだけだった。しかし二年まえに耕一と待合せたのは三月の初めで、そのときにくらべると大気のなかにかすかながらも春の吐く息のような暖かさがこもっているのが感じられた。桂子はこの正月に父に買ってもらった春らしい白大島を着て、西山草堂の板木のまえに立っていた。約束の時刻は正午だったが、十分ほど間があった。

二年まえのときのように渡月橋のほうへ歩いてみてもよかったが、中の島の錦という店に足を近づけるのが憚(はばか)られて、桂子は天竜寺の門前から西山草堂の入口あたりを行きつ戻りつしていたのだった。新幹線で京都まで一緒に来た山田とは、嵐電の嵐山駅前で別れ、山田はそのまま錦のほうへ橋を渡っていった。

京都にやってきたのは翌日の日曜日、不昧庵の正午の茶事に招かれていたからで、案内状は三津子の名前になっていた。招かれているのは桂子と山田、それに耕一とまり子の二組の夫婦である。東京では、週に二、三度はこの顔ぶれで桂子の家の茶室に集って桂子の母に稽古をみてもらっていた。そのうちに不昧庵で正式の茶事をやってみようという話はまえから出ていたが、このところ不昧庵で仕事をして暮すことの多い三津子が亭主を引受けたものだった。

正午と同時に耕一が入口に姿をあらわすのがみえた。

「きょうはあなたが定刻にあらわれたのね」

「まり子とはいまそこで別れたから、あちらは少し遅れそうだね」

「山田は待つのが好きなほうだから」と桂子は耕一に肩を寄せるようにして庭から座敷のほうへまわりながらいった。「それより、まり子さんは大丈夫かしら。何といって因果をふくめたの」

「別に大袈裟なことはいわないさ。きょうは相手を取換えて気分を変えてみよう、といったら、おもしろそうだからいいわ、といって至極あっさりと山田さんの待っている錦へ行ったよ」

「ほんとにそこまで教育ができたのなら大したものですね」

「ぼくだけの教育ではとてもああうまくはいかない。山田さんもおりにふれて教えて下さったからだろうね。仕舞の稽古場でも週に一度顔を合せているし、山田さんとは微妙な話もできるようになっているはずだ。今度のことについても、心のなかでは了解していて、これはこういう遊びなのだとのみこめば、あとは山田さんに対してもぼくに対するのと同じ程度にやわらかくなるかもしれないよ」

耕一はちょっと考えて、

「わたしが山田に対してやわらかいのと同じ程度にやわらかくしてくれるといいですけど」

「恐らく大丈夫だと思うよ」といった。

湯豆腐のまえの料理と酒が運ばれた。

桂子は盃をさされて微笑しながら、

「最近は五、六杯までいけるようになったわ」といって盃に口を運んだ。

二人は四時に清滝の旅館に着いていればよかった。山田とまり子は河原町のほうに出てホテルに泊まることになっている。

「うまく行かなかった場合は五時までに山田から電話がかかってくることになっているの。電話がなければよい知らせで、わたしたちは……」といいかけて桂子は目のまえに口をひらきかけている別の世界の、虚無へ吸いこむ力を感じたような気がした。オゾンに似た虚無の匂いまでたしかに嗅いだような気がする。

まだ行ったことのなかった釈迦堂から大覚寺、広沢の池をまわって、車で清滝に着いたのは三時半ごろだった。桂子は渓流のうえにかかる橋を渡りながら、あの虚無の裂け目をまたぐ橋のようなものがあるにちがいないと思った。二人に分れた自分の、ひとりを現実のほうに残し、別のひとりを夢のなかにはいっていく心地で渡らせることのできる橋があり、それは普通の人間の目にも虹がみえるようにみえて、存在しているのに、だれにも渡ることのできない橋である。

二年まえのときとは違って、目の下の流れには、冷たそうでも春の水のやさしさがあって、しばらく橋のうえに立っていても、桂子を足もとから氷の柱に変えるような冷気はあがってこなかった。

耕一が近づいてくると、桂子は顔をあげた。

「このまえここで結婚の申込みのようなことをしたとき、耕一さんはわたしたちが兄と妹かもしれないということを御存じだったの」

耕一は微笑を浮べて間をおいてから、

「知っていたよ」と答えた。「それを信じまいとするために、結婚をもちだすような無理をしてみたのだ。しかしあれは余計なことだったね」

「いつから御存じだったの」

「最初から」と耕一はいった。「それを知っていたので、ぼくのほうから桂子のまえに姿をあらわして、桂子の唇を奪った。なぜそんなことをしたのか、それはいわなくてもわかるだろう」

桂子は長いあいだ自分の考えていたことをいまいわれて、めまいがした。清滝の川が暗い淵に変って桂子を吸いこみそうだった。

すぐ目のまえの古い旅館には四時まえにはいった。五時まで待ったが、山田からの電話はなかった。

桂子はそのまま耕一の胸に頭を寄せて、二つの耳で、運命の機械のように動いている心臓の音と、川の音とをきいていた。

『夢の浮橋』解説

自由な世界を開く

古屋美登里

倉橋由美子は高知県に生まれ、明治大学大学院在学中の一九六〇年一月に「明治大学新聞」主催の小説コンクールで学長賞を受賞した。六〇年安保の最中に生まれたこの短篇小説「パルタイ」は、選者を務めた文芸批評家平野謙の推薦で「文學界」(一九六〇年三月号　文藝春秋)に転載され、これによって倉橋は一躍時代の寵児となり、以後次々に短篇を文芸誌に発表していく。さらに、文学論争にまで発展した鮮烈な長篇小説『暗い旅』(一九六一年　東都書房)や野心的な作品『スミヤキストQの冒険』(一九六九年　講談社)を上梓する。

そして、一九七〇年七月号から中央公論社の文芸誌「海」で連載が始まったのが本書『夢の浮橋』である。冒頭の一行から、その優美な文章にたちまち魅了される。これは裕福な家庭に生まれた女子大生牧田桂子とその恋人宮沢耕一と、ふたりを見守る大人たちの物語であり、七〇年安保という騒々しい時代のなかで、登場人物たちはそうした騒音に気を取られずに、むしろ喧しいからこそ、優雅な生活を送る。これはこの時代に対する倉橋の姿勢が示されている。谷崎潤一郎が戦時中でも『細雪』の執筆を止めようとしなかった意思の強さと同じものを、ここに見て取ることができる。

後になって、桂子さんの人生をたどるようにして三つの長篇が書かれる。三十代になり、たおやかな母親となった桂子さんが宗教の問題と取り組む『城の中の城』(一九八〇年 新潮社)、戦争の音が聞こえるなか、六十代の桂子さんが宴を催し、美酒と豊かな会話を楽しむ『シュンポシオン』(一九八五年 福武書店)、そして四十代の女盛りの桂子さんが官能的で高貴な世界を自由に往来する『交歓』(一九八九年 新潮社)。この四つの物語では、大人たちは現実社会に左右されずに高雅な遊びを繰り広げる。倉橋はこうした作品で、いまでは死語になりつつある「教養」と「文化」に根ざしたひとつの文明の形を造り上げようとしたのである。

本書は一九七三年に文庫化されたが、そのときに解説を担当した批評家の佐伯彰一は、「典雅なロココぶりと、放埒なバロックぶりとが、背中合わせにはりついている小説である」と述べ、「夢の浮橋」というタイトルが『源氏物語』の最後の巻から取られたことを指摘し、そのうえで藤原定家の歌「春の夜の夢の浮橋とだえして嶺にわかるゝよこ雲のそら」のほうが小説の雰囲気と「ぴったり重なり合う」と主張している。二〇〇九年に文庫が復刊された際の解説は、プルースト『失われた時を求めて』(光文社古典新訳文庫)の個人訳を刊行している仏文学者高遠弘美である。高遠はこのタイトルについて、先のふたつに加え、谷崎潤一郎の小品「夢の浮橋」(一九五九年)の内容からの影響があったことにも触れている。その他にも、両氏の卓越した解説には教示されることが多い。

『夢の浮橋』の魅力を数えあげれば切りがないが、まずはその美しい文章である。

創作においては、何を書くかということよりいかに書くかということのほうに頭を使う、と倉橋はたびたび述べている。そしてその方法にとって欠かすことができないものが文体である。初期に積極的に取り入れていた海外文学の硬質で鋭利な翻訳文体は、やがて理知的で優美な流れるような文体へと変化していく。その礎にあるのが『源氏物語』であり、川端康成、谷崎潤一郎、吉田健一などの諸作品ということになる。さらに言えば、泉鏡花や内田百閒の作品も加わってくる。

次に挙げる魅力は、スワッピング(夫婦交換)と近親相姦という、一種センセーショナルな事柄を官能的な行為として、さらには神々しい行為の象徴として高めている点である。こうした考え方は『反悲劇』(一九七一年 河出書房新社)などにも反映されているが、登場人物が自由な精神によって人間の範疇を超えることで、あらゆることが可能になる世界を描き出したともいえる。もっとも、倉橋はスワッピングについて、「『カップルズ』というアプダイクの小説には余り感心しなかったので、これとは別の優雅で腐敗した関係を書いてやろうと意気込んだことはあるかもしれない。それにしても swapping などということは、妄想してみる限りではわかるような気もするが、実際に書くとなると、いささか想像力の限界を超えているのを感じる」(『倉橋由美子全作品8(一九七六年 新潮社)』の作品ノート)と述べている。

倉橋由美子がジェイン・オースティンの作品をこよなく愛していたことは有名で、小説やエッセイなどで繰り返し触れている。本書では桂子さんがオースティンを卒論に選び、『城の中の城』ではオースティンの『高慢と偏見』の続篇がイギリスの作家の手によって書かれ、それを翻訳しているという設定になっている。

一九七二年九月に出版された筑摩世界文学体系33『オースティン ブロンテ』の「月報」に、倉橋は「小説のお手本」という文章を寄せた。ここには、倉橋にとってよい小説とはどのようなものか、ということが具体的に書かれている。

「オースティンの小説を読むと、どこかモーツァルトを聴いた時の気分に似たものを感じる。よい時代の、というのは十八世紀のヨーロッパの完成された優雅がそこにあるので、大袈裟なことをいえばここからあとはなくてもよいような気分になる」。「(十八世紀には)時代の観念に酔う必要がないまでに成熟した人間がヨーロッパに出てきたので、これを別の言葉でいえばひとつの文明が成立したということになる。オースティンがその小説に描いたのがそれで、そこには人間しかいない。あるいはその人間の付合いがつくっている世界しかなくて、これに改めて優雅その他の形容を加えるのも実は余計なことである」

『夢の浮橋』を描くときに作家の念頭にあったのはこのことだったのではと推察される。桂子と耕一との関係、そして桂子とその夫となる山田の関係は、まさに「成熟した人間」であることを示している。

桂子さんという人物を生み出したことで、倉橋の創作世界は一挙に広がった。この後、桂子さんを異界へ送り、新しい官能的な経験をさせる短篇を立て続けに発表している。『夢の通い路』『幻想絵画館』『完本　酔郷譚』などには、夢と現実を、生と死を、此岸と彼岸を隔てる壁や境が消滅し、そこを自由に往還する人々が描かれる。その結果、読者の精神と意識は高度な自由を享受することになる。

（翻訳家）

P+D BOOKS ラインアップ

居酒屋兆治　山口 瞳　●高倉健主演映画原作。居酒屋に集う人間愛憎劇

血族　山口 瞳　●亡き母が隠し続けた私の「出生秘密」

家族　山口 瞳　●父の実像を凝視する『血族』の続編的長編

江分利満氏の優雅で華麗な生活《江分利満氏》ベストセレクション　山口 瞳　●〝昭和サラリーマン〟を描いた名作アンソロジー

夢の浮橋　倉橋由美子　●両親たちの夫婦交換遊戯を知った二人は…

われら戦友たち　柴田 翔　●名著「されど われらが日々――」に続く青春小説

P+D BOOKS ラインアップ

浮世に言い忘れたこと	三遊亭圓生	●昭和の名人が語る、落語版「花伝書」
噺のまくら	三遊亭圓生	●「まくら（短い話）」の名手圓生が送る65篇
山中鹿之助	松本清張	●松本清張、幻の作品が初単行本化！
白と黒の革命	松本清張	●ホメイニ革命直後　緊迫のテヘランを描く
詩城の旅びと	松本清張	●南仏を舞台に愛と復讐の交錯を描く
風の息（上）	松本清張	●日航機「もく星号」墜落の謎を追う問題作

P+D BOOKS ラインアップ

P+D BOOKS ラインアップ

P+D BOOKS ラインアップ

ヘチマくん	遠藤周作	●太閤秀吉の末裔が巻き込まれた事件とは?
決戦の時(上)	遠藤周作	●知られざる織田信長「若き日の戦いと恋情」
決戦の時(下)	遠藤周作	●天運を味方に〝天下布武〟へ突き進む信長
フランスの大学生	遠藤周作	●仏留学生活を若々しい感受性で描いた処女作品
快楽(上)	武田泰淳	●若き仏教僧の懊悩を描いた筆者の自伝的巨編
快楽(下)	武田泰淳	●教団活動と左翼運動の境界に身をおく主人公

P+D BOOKS ラインアップ

眞晝の海への旅	辻 邦生	● 暴風の中、帆船内で起こる恐るべき事件とは
大世紀末サーカス	安岡章太郎	● 幕末維新に米欧を巡業した曲芸一座の行状記
前途	庄野潤三	● 戦時下の文学青年の日常と友情を切なく描く
アニの夢 私のイノチ	津島佑子	● 中上健次の盟友が模索し続けた〝文学の可能性〟
わが青春 わが放浪	森 敦	● 太宰治らとの交遊から芥川賞受賞までを随想
鞍馬天狗 1 角兵衛獅子 鶴見俊輔セレクション	大佛次郎	● 〝絶体絶命〟新選組に取り囲まれた鞍馬天狗

（お断り）

本書は１９７３年に中央公論社より発刊された文庫を底本としております。
あきらかに間違いと思われるものについては訂正いたしましたが、
基本的には底本にしたがっております。
また、底本にある人種・身分・職業・身体等に関する表現で、現在からみれば、
不当、不適切と思われる箇所がありますが、著者に差別的意図のないこと、
時代背景と作品価値とを鑑み、著者が故人でもあるため、原文のままにしております。

倉橋由美子（くらはし ゆみこ）
1935年（昭和10年）10月10日―2005年（平成17年）６月10日、享年70。高知県出身。1961年『パルタイ』で第12回女流文学者賞受賞。代表作に『聖少女』『スミヤキストQの冒険』など。

P+D BOOKS

ピー プラス ディー ブックス

P+Dとはペーパーバックとデジタルの略称です。
後世に受け継がれるべき名作でありながら、現在入手困難となっている作品を、
B6判ペーパーバック書籍と電子書籍で、同時かつ同価格にて発売・配信する、
小学館のまったく新しいスタイルのブックレーベルです。

夢の浮橋

2017年8月13日　初版第1刷発行
2024年9月11日　第6刷発行

著者　倉橋由美子
発行人　五十嵐佳世
発行所　株式会社　小学館
〒101-8001
東京都千代田区一ツ橋2-3-1
電話　編集　03-3230-9355
販売　03-5281-3555
印刷所　大日本印刷株式会社
製本所　大日本印刷株式会社
装丁　おおうちおさむ（ナノナノグラフィックス）

ISBN978-4-09-352310-3